Helge Timmerberg • Frank Zauritz (Fotos)

# TIMMERBERGS TIERLEBEN

solibro

1. Helge Timmerberg:
   **Timmerbergs Reise-ABC**
   Mit 21 Cartoons von Peter Puck.
   Münster: Solibro-Verlag 1. Aufl. 2004
   ISBN 3-932927-20-6

2. Helge Timmerberg / Frank Zauritz (Fotos):
   **Timmerbergs Tierleben**
   Münster: Solibro-Verlag 2. Aufl. 2006 [2005]
   ISBN 3-932927-28-1

SOLIBRO-Verlag Münster

Helge Timmerberg • Frank Zauritz (Fotos)

# TIMMERBERGS TIERLEBEN

solibro

Informationen über unser Programm erhalten Sie unter:

www.solibro.de

Bildnachweis:
*Frank Zauritz*: sämtliche Fotos inkl. Umschlag

Umschlag- und Reihengestaltung:
*Wolfgang Neumann*

Druck und Bindung:
*freiburger graphische betriebe, 79108 Freiburg*

Verlag:
*SOLIBRO®-Verlag, 48143 Münster*
Tel.: 07000-SOLIBRO (07000-7654276) / www.solibro.de

2. Auflage 2006 / Originalausgabe

Gedruckt auf chlorfrei gebleichtem und alterungsbeständigem Papier.

Alle Rechte vorbehalten. Jede Verwertung des Werkes – auch auszugsweise – ist ohne schriftliche Genehmigung des Verlages unzulässig. Das gilt insbesondere für Übersetzungen, Vervielfältigungen, Mikroverfilmungen und die Einspeicherung, Verarbeitung und Verbreitung in bzw. durch elektronische(n) Systeme(n).

© SOLIBRO®-VERLAG MÜNSTER 2005
ISBN 3-932927-28-1

Druckfehler vom

*Für meinen Vater,*
*Herbert Timmerberg, zum Achtzigsten*

# Vorwort

Wir gingen in den Zoo, weil wir nichts Besseres zu tun hatten. Wohin sollten wir sonst an einem sonnigen Nachmittag gehen? Ins Kino? Ins Kaufhaus? Ok, in einem Straßencafé zu sitzen und schönen Mädchen hinterher zu blicken, ist eine Alternative, aber es geht ja beides. Frauen ab Sonnenuntergang und am Tag die Tiere. Dazu das viele Grün. Jeder Zoo ist auch ein Park, mit schattigen Bänken an kleinen Teichen, die (weil künstlich) wie hingemalt in der Landschaft liegen, und ich spreche hier noch nicht einmal von den Gehegen, denn bei den Gehegen kommt man leicht ins Schwärmen und das will ich nicht. Wir wollen ein cooles Zoobuch machen.

Auftrag der Zoo-Gehege-Architekten ist es, dem Tier eine Umwelt zu schaffen, die seine Gene aus der Heimat kennen. Oder sehe ich das zu idealistisch, und es wurde hier nur an den Besucher gedacht? Aber selbst wenn das Letztere zutrifft, in diesem Fall ist das egal. Es ist die klassische Win-win-Situation, also etwas, das allen nützt (dem Tier, dem Menschen, dem Architekten), wenn der Amur-Tiger durch etwas geht, was wie ein Wald in Ost-Sibirien aussieht, und der Löwe in einer Felsengrotte schläft.

Zum Thema Freiheitsberaubung ist zu sagen: Welche Freiheit? Die Freiheit auszusterben? Der Zoo ist zur Arche Noah für Arten geworden, denen wir außerhalb dieser Gehege nicht die Spur einer Chance lassen. Manchmal fühlte ich ein schlechtes Gewissen deswegen, eine Art Kollektivschuld, die wir Menschen gegenüber den Tieren haben. Allerdings würden es die Tiere, wenn sie es könnten, auch nicht anders machen. Das Gesetz des Dschungels, das Wesen der Macht. Der Stärkere übernimmt den Laden. Und wären Pinguine hochintelligent, würden sie außer Fischen keine anderen Tiere neben sich dulden, auch nicht den Menschen. Natürlich würden sie dann irgendwann den Anblick des Menschen vermissen und Zoos für ihn bauen, mit Eskimo-Gehege,

Indianer-Gatter etc. Würden wir die Pinguine dafür hassen? Wohl kaum. Denn erstens wären wir im Zoo geboren und kennten es nicht anders und zweitens fehlte es uns an nichts.

Zoo-Tiere sind die Millionäre ihrer Art. Nicht nur ausreichend, sondern perfekt verpflegt, und niemand muss arbeiten, es sei denn, als Beschäftigungstherapie. Am Fell erkennt man, ob es der Seele gut geht, und demnach ging es allen Tieren, die wir sahen, ziemlich gut – mit Ausnahme der Wölfin Kunigunde. Aber hätte sie noch einen vollen, glänzenden Pelz getragen, wäre das kein Zeichen guter Pflege, sondern ein Wunder, denn sie war steinalt. Wahrscheinlich hat sie die Brüder Grimm noch persönlich gekannt.

Ein Wort zur Arbeitsweise. Es gibt zwei goldene Zeiten. Entweder einen Tag oder ein Leben. Weil wir für unsere Reise in die Zoos nur einen Monat Zeit hatten, wählten wir die erste Variante. Pro Tag ein Tier. Erste Phase: Meditation auf der Bank vor dem Gehege. Was will uns die Evolution mit der Existenz eines Vogels sagen, der so rot ist wie Nagellack und immer schweigt? Zweite Phase: das Gespräch mit den Pflegern, die über ihre Tiere reden wie Mütter über ihre Kinder. Thema: die Tierpersönlichkeiten, ihre Eigenarten, ihre Macken. Schmusen die Kodiakbären miteinander, weil sie schwul sind oder weil sie früher im Zirkus waren und das Schmusen antrainiert ist. Dritte Phase: Internet. Das Tier allgemein. Fakten, Zahlen, Erlebnisberichte von Arizona bis Australien.

Was ich damit sagen will: Wenn ein Mann wie Professor Sielmann, der sich mit den Tieren ein ganzes Leben beschäftigt hat, zu unserer Arbeit sagt, sie biete außergewöhnliche Perspektiven, aber im Prinzip sei alles richtig, dann beruhigt mich das sehr.

Helge Timmerberg

# Grußwort

Liebe Naturfreunde,

wer von uns kann sich nicht an lebhafte Eindrücke erinnern, die er als Kind oder auch als Erwachsener aus einem Besuch im Zoo mit nach Hause gebracht hat? Erinnerungen wie diese begleiten uns oft ein Leben lang. So erfüllen Zoos die besondere Aufgabe, über solche Erlebnisse Begeisterung für Wildtiere zu wecken.

Mit dem vorliegenden Buch eröffnen die Autoren Helge Timmerberg und Frank Zauritz eine ganz außergewöhnliche, aber zutreffende Perspektive auf Zoobewohner. Mit ausgefallenen Ansichten und Geschichten lassen sie uns teilhaben an überraschenden Situationen und zeigen uns ausgewählte Tiere in verblüffenden Momentaufnahmen.

Ich hatte selbst die Gelegenheit, den naturverbundenen Fotografen Frank Zauritz im August 2004 im Rahmen seiner Arbeit kennen zu lernen. Damals hatte die „Heinz Sielmann Stiftung" gerade rund 3.400 Hektar der „Döberitzer Heide" als Refugium für bedrohte Arten erworben. Das Gebiet ist Teil eines insgesamt über 5.000 Hektar großen ehemaligen Truppenübungsplatzes vor den Toren Berlins. Es entstand damals eine interessante Fotoreportage mit wunderbaren Landschaftsaufnahmen und Porträts.

Ich wünsche den beiden Autoren dieses Buches viel Erfolg und Ihnen, liebe Leser und Zoobesucher, eine unterhaltsame Lektüre und Lust auf eigene Entdeckungen im Tierreich.

Herzlichst

Ihr Professor Heinz Sielmann

# INHALT

| | |
|---|---|
| Vorwort | 6 |
| Grußwort von Professor Heinz Sielmann | 9 |

HEINZ, DER NASENFISCH – Der Fisch des reinen Seins  13

EUGEN, DER ALLIGATOR –

Oben wird gekämpft, und unten warten die Krokodile  16

PIROSCHKA, DIE TIGERIN – Schau mir in die Augen, Beute  21

KÖNIGSGEIER HANS PETER – Zu schön für Sex  25

HORST, DIE GRÜNE MURÄNE – Der Wachhund im Killerbecken  29

BRILLEN-PINGUINE – Die Steinchen-Klauer  33

LARS, DER EISBÄR – Das Sexmonster  37

LEOPOLD, DIE RIESENSCHILDKRÖTE –

Paarungsverhalten von Baumaschinen  42

BONITO, DER JAGUAR – Räuber der Seelen  47

TATANKA, DER BISON – Leider ohne Bremse gebaut  51

BRUCE LEE, DER STRAUß – Das Killergehege  59

CARLOS, DER ARA – Das Haustier der Piraten  61

ATA ALLAH, DIE KAMELE – Komische Tiere haben komische Waffen  65

PHYLO, DER SEEDRACHE –

Er frisst nur Jungfrauen – aber keine hässlichen  69

PAVIANE – Affenärsche zum Ausklappen  73

RONALDO, DER IBIS – Ein Vogel wie ein Nagellack 77

KUNIGUNDE, DER WOLF – Böse waren nur die Brüder Grimm 79

PEPE, DAS ALPAKA – Schlimme Strafe für geile Hirten 83

BOKITO, DER GORILLA – Was hatte er gegen mein Gesicht? 85

BUFFY UND NEMO, DIE KODIAKBÄREN – Pool mit Vollpension 89

LEIPO, DER OTTER –

„Wieder biss mir einer in die Waden", hört man den Indianer klagen 91

ANTJE, DAS WALROSS – Im Gedenken an eine Verstorbene 95

MABARRE, DER LÖWE – König der Kiffer 101

SERAFE, DIE GIRAFFE –

Sie hinterlässt auch bei robusteren Katzen bleibende Schäden 103

KNAUTSCHKE, DAS FLUSSPFERD –

Gott sei Dank gibt es die Anti-Flusspferd-Pille 108

KÄNGURU – Hochsprung-Kuh 113

WALLHALLA, DAS WARZENSCHWEIN – Rächer aller Räucherschinken 115

ORANG-UTAN – Prof. Dr. Dipl.-Ing. Langfinger 119

SCHLAMPERL, DAS NASHORN –

Wo man gern auf die Toilette geht, ist man zu Haus 125

ENZO, DER SEELÖWE – Sein Pech: Er hat eine Lesbe im Becken 129

HUSSEIN, DER ELEFANT – Besoffen ist er sehr gefährlich 135

SPECIAL GUEST – Spatz muss sein 139

# HEINZ, DER NASENFISCH
## Der Fisch des reinen Seins

Über diesen Fisch weiß man eigentlich nichts. Man weiß nicht, ob er männlich oder weiblich ist, denn dafür müsste man ihn schlachten und das will man nicht. Man weiß auch nicht, was er mit der langen Nase macht. Kämpfen jedenfalls nicht. Gekämpft wird beim Hornfisch mit der Flosse. Während die Doktor-Fische, mit denen er verwandt ist, an der Flosse einen ausklappbaren Stachel tragen, hat er an dieser Stelle nur eine Verknorpelung, und das ist seine einzige Waffe. Feinde? Wahrscheinlich jeder Fisch, der ein bisschen größer ist. Freunde: ich.

Aufruhr im Aquarium

Ich mache mir eigentlich nichts aus Fischen. Ich ging nur der Ordnung halber ins Aquarium und marschierte relativ zügig an rund 5000 Fischen in 440 Arten vorbei, ebenfalls passierte ich tausende von Wirbellosen sowie Haie, Welse und Muränen und auch goldfischähnliche Phänomene, bevor ich es aufgab und stehen blieb.

Natürlich war da ein Aquarium. Ein Landschaftsaquarium, Untergruppe: Korallenriff. Man kann sich davorsetzen und sein Gesicht an die Scheibe pressen. Die Hände werden wie Scheuklappen benutzt, um rechts und links alles auszublenden. Und, zack, klebte ein etwa kugelschreiberkleines Fischlein auf seiner Seite der Scheibe, etwa in Höhe meiner Nase, dann in Höhe meiner Lippen, dann klebten wir Auge an Auge. Es hatte ein wunderschönes Schuppenkleid, rot, in allen Variationen, und zappelte aufgeregt und, zack, klebten drei weitere Augen in

meinem Gesicht, diesmal von bratpfannengroßen Fischen, und wäre das
Glas nicht dazwischen gewesen, hätte man von Liebe zwischen reichlich
unterschiedlichen Arten sprechen müssen. Fisch küsst Journalist. Aufruhr im Aquarium, nur einer blieb cool.


Spezi: Naso spec

Heimat: Indo-Pazifik (reicht von Ost-Afrika bis Hawaii). Tiefe: 40
bis 50 Meter. Alter: schon wieder unbekannt. Er wurde 1995 über ein
Zoogeschäft eingekauft. Vorliebe: schwimmt gerne geradeaus. Kurven,
Ellipsen, Achterbahnen interessieren ihn nicht, ebenso wenig wie mein
Gesicht. Alle 20 Sekunden passierte er mein Blickfeld mit einer gewis-
sen Hochnäsigkeit, so als wäre ich ein Stück Korallenriff.
   Mich faszinierte dabei Folgendes. Erstens: die lange Nase. Zweitens:
die dicken Backen. Drittens: der treuselige, immer leicht flötende Mund.
Die Karikatur eines menschlichen Gesichts, gefangen im Körper eines
Fischs. Eine Meerjungfrau? Außerdem wechselt er ständig die Farbe.
Seine Schuppen müssen dermaßen silbern sein, dass sie wie Spiegel auf
ihre Umgebung reagieren. Anders kann ich es mir nicht erklären. Mal
ist er zur einen Hälfte hellblau und zur anderen moosgrün, mal ist er
einfarbig, und wenn er in die Korallenriff-Deko des Aquariums hinein-
schwimmt, ist er plötzlich rot-braun gepunktet.


Droht ein Nasenfischsterben?

Indirekt, als Folge eines Absterbens der Korallenriffe. Die Meere
erwärmen sich, jedes Grad mehr bedeutet weniger Sauerstoff im Wasser.
Erst werden die Korallen sterben und dann stirbt (vielleicht) der Nasenfisch.
   Zurück ins Aquarium. Die Wassertemperatur liegt bei idealen 25
Grad, und die Meerwassermischung ist artgerecht angesetzt mit 76 ver-
schiedenen Salzen. Zum Thema Freiheitsberaubung ist zu sagen, dass

sein Aquarium 24 000 Liter fasst, das sind 170 Badewannen. Außerdem: Auch im freien Meer schwimmen sie in Schwärmen, und keiner hat da mehr Platz als hier. Seit sechs Jahren zieht der Hornfisch mit der langen Nase seine Geraden von Beckenrand zu Beckenrand und glaubt, es sei die Karibik, oder die Malediven, oder irgendwas rund um Hawaii. Er kriegt gar nicht mit, dass er gefangen ist.

Was wir Menschen für ihn sind? Schatten. So erkennt er auch seine Pfleger. Ein großer Schatten füttert anders als ein kleiner, breiter.


Der Fischphilosoph

Noch mal, die Karikatur eines menschlichen Gesichts. An wen erinnert er mich? Ich habe ihn drei Mal besucht und kam nicht drauf. Ok, er sieht artig aus so wie jemand, der in einer kleinen Mansarde wohnt. Alleinstehend. Keine Führungskraft. Aber: Philosoph.

Der Hornfisch, von mir Nasenfisch genannt, könnte also auch Heinz-Rühmann-Fisch heißen, kurz Heinz, aber der Rufname des großen Philosophen Heidegger (Martin) ginge auch. Dann wäre er der Fisch des reinen Seins. Er macht nichts, er fühlt nichts, er denkt nichts – er ist. Ich weiß nicht, ob man das Glück nennen kann. Geht's um Glück bei einem Fisch? Oder geht's darum, schmackhaft zu werden? Man weiß es nicht.

# EUGEN, DER ALLIGATOR
Oben wird gekämpft,
und unten warten die Krokodile

Das Stück Baumstamm, das da im Wasser liegt, ist ein Alligator und heißt Eugen. Er ist ein alter Knochen. Als Steffi Igiel im Tierpark als Pflegerin zu arbeiten begann, war er schon da, und das war vor 20 Jahren. Niemand weiß, wie alt er ist. Und niemand weiß, was geschehen wäre, wenn der Bauarbeiter damals nicht auf den Beckenrand, sondern zu Eugen ins Wasser gefallen wäre. Das heißt, eigentlich wissen's alle. „Im Prinzip sind sie wie Hunde", sagt die Pflegerin, „denen können sie auch Futter hinschmeißen, bis sie platzen."

Folgendes geschah: Das Dach im Krokodilhaus bedurfte einiger Reparaturen, die Bauarbeiter bewegten sich gewohnt souverän auf den Gerüsten, und Tierpflegerin Igiel sagte: „Hoffentlich fallt ihr da nicht runter." Antwort: „Och, wir fallen nirgendwo runter."


Indiana Jones

In den Abenteurerfilmen wird immer oben gekämpft, und unten warten die Krokodile. Mir käme das komisch vor, wenn ich Bauarbeiter wär. Einer fiel also runter, prallte auf den Beckenrand, sah das Krokodil und hatte dann nur noch eins im Sinn. Bauarbeiters Originalzitat: „Raus! Weg!" Dass er sich bei dem Sturz das Schlüsselbein gebrochen hatte, bekam er erst mit, als er aus dem Gehege entkommen war.

Manche Leute haben wirklich unverschämtes Glück. Eugen kann nicht nur flott schwimmen, er springt auch gern mal aus dem Wasser,

und, um ehrlich zu sein, die Pflegerin nennt es nicht mal springen. „Er schießt raus wie eine Rakete."

### Wasserungeheuer

Eugen bewegt sich auch auf dem Land recht zügig, er kann sogar klettern. Die 1,50 Meter hohe Trennmauer zum Nachbarn Brillenkaiman musste erhöht werden, nachdem Eugen rübergekommen war. Aber zu Haus ist er im Wasser. Da ist er unschlagbar.

Ein Schlag mit seinem Schwanz bricht einer Kuh das Genick, und sein Gebiss arbeitet nach dem Schraubstockprinzip. Hat er einmal zugebissen, gehen die Kiefer nicht mehr auseinander. Darum kann er auch nicht abbeißen. Er muss sich um seine eigene Achse schleudern, um sich Stücke rauszureißen.

Am schlimmsten aber ist: Man sieht ihn nicht. Im Zoo sieht man Eugen, weil er ausgestellt ist, in Gottes freiem Regenwald glaubt man, er sei ein Haufen faules Laub, oder ein Stück Holz, oder ein großer Stein. Zudem kann er bis zu drei Stunden, ohne Luft zu holen, unter Wasser sein. Erst nach Anbruch der Dunkelheit kann man die Alligatoren einigermaßen sicher fixieren, weil ihre Augen das Licht von Taschenlampen reflektieren.

### Persönliches

Ich habe hier übrigens auch das Vergnügen, von einer Begegnung mit einem Zootier (Jaguar) außerhalb des Zoos zu berichten. Die Sache mit dem Alligator passierte auf derselben Reise.

Ich war mit Goldsuchern am Oberlauf des Rio Negro (Amazonien) unterwegs, an diesem Tag auf einem Kanu, denn der Fluss lief parallel zu unserem Weg. Irgendwann begann das Kanu unterzugehen. Es war überladen. Das Werkzeug zum Goldwaschen war darin und die Essensvorräte. Die durften nicht nass werden. Wir schon.

Die Goldsucher schlugen deshalb vor, dass wir uns als Ballast verstehen und uns abwerfen. Ich weiß, es ist schwer zu glauben. Aber soll ich lügen, wenn es stimmt? Ich sprang direkt auf einen Alligator. Natürlich hatte ich ihn nicht gesehen. Ohne es zu wissen und ohne es zu wollen, hatte ich damit das einzig Richtige getan. Alligatoren sind nicht daran gewöhnt, dass man auf sie springt. Was sie nicht gewohnt sind, irritiert sie. Irritiert sein ist ein anders Wort für Angst. Der Alligator hatte die Hosen voll. Sein Schwanz peitschte das Wasser. Er eilte davon.

See you later Alligator

Eugen wartet jetzt also seit mindestens 20, wahrscheinlich aber 30, vielleicht auch schon 40 Jahren im Tierpark Friedrichsfelde geduldig darauf, dass mal ein Besucher zu ihm runterfällt. Kinder beugen sich weit übers Geländer. Manchmal sitzt auch eins drauf. Nie ist was passiert, bis auf dieses eine Mal, als der Bauerarbeiter geflogen kam, und da hat Eugen nicht aufgepasst oder er war zu faul, es kann auch sein, dass er schon nicht mehr daran geglaubt hat und seinen Augen nicht traute. Egal. Bis heute hat Eugen noch keinen Besucher gefressen. Keinen, von dem man weiß. Denn was sie kriegen, verschlingen sie nicht nur mit Haut und Haaren, sondern zur Not auch mit Personalausweis.

# PIROSCHKA, DIE TIGERIN
## Schau mir in die Augen, Beute

Sie heißt Piroschka. Ein Kilogramm von ihren Knochen würde auf dem Schwarzmarkt in Asien 300 Dollar bringen. Ihr komplettes Skelett ginge für 10 000 Dollar weg, und ihr Fell ist noch mal bis zu 10 000 wert. In der traditionellen chinesischen Medizin gilt eine Suppe aus Tigerknochen als Mittel gegen Rheuma, Pillen aus Tigeraugen werden gegen Krämpfe gereicht und der Tigerpenis gegen Impotenz. Natürlich ist das Quatsch. Ein Tiger, der Menschen frisst, wird davon auch nicht intelligent. Dem Aberglauben ist das egal. Er hat bis zum heutigen Tag Piroschkas Art auf 200 Tiere dezimiert. Das nennt man noch nicht Ausrottung. Erst wenn die Gesamtzahl unter 120 fällt, ist es aus mit der Katze.

Piroschkas Art

Sie ist der Essotiger. Der Mineralölkonzern hat nicht ohne Bedacht den sibirischen Amur-Tiger zu seinem Wappentier gewählt, denn er ist größer, schwerer, stärker und schöner als der bengalische Tiger, der in Indien lebt. Schulterhöhe: bis zu 1,10 Meter, Gewicht: um die 300 Kilogramm, Spurtgeschwindigkeit: 60 km/h. Ein Mensch, der vor einem Amur-Tiger wegläuft, hat so viele Chancen wie eine angebundene Kuh. Das sollte niemand vergessen, der sich, aus was für Gründen auch immer, mal in Piroschkas Freigehege begeben will. Das machen nicht mal die Tierpfleger und auch nicht die, die Piroschka seit klein auf kennen. Und schätzen und lieben und mit Kosenamen benennen. Sie alle wären sofort tot.

### Piroschkas Waffen

Vier furchtbare Fangzähne, vier Tatzen, jede mit fünf Krumm-
dolchen bestückt. Und: Lautlosigkeit. Piroschka kann schleichen. Und:
Tarnanzug. Ihr gestreiftes Fell ist im Wald wie Licht und Schatten.
Angriff ab 20 Meter Distanz. Die Kraft des sibirischen Tigers ist für das
Töten von Hirschen, Wildschweinen und Braunbären gemacht, für den
Menschen braucht er nur eine Ohrfeige, dann ist der Kopf in Scheiben.
Nicht weil Piroschka Menschenkopf in Scheiben mag oder mordlus-
tig wäre. Ihre Instinkte automatisieren das. Jeder, der ihr Territorium
betritt, ist entweder ihr Opfer oder ihr Konkurrent.

### Menschenfresser

Sibirische Tiger, die den Menschen, den sie getötet haben, auch noch
verschlingen, gibt's nur ganz wenige. Dafür muss der Amur-Tiger den
Menschen erst als Opfertier akzeptieren und das macht er nur, wenn er
völlig ausgehungert ist oder seine Mutter bereits Menschen gefressen
hat. Piroschkas Mutter war kein maneater, Piroschkas Vater auch nicht.
Piroschka wurde im Zoo geboren, 1990 in Budapest, und im Zuge eines
Zootransfers kam sie 1993 nach Berlin. Sie bekommt fünf Mal die Woche
drei bis vier Kilogramm Pferde- und Rindfleisch, auch mal Huhn, ab
und an wird ihr Fisch geboten. Sie hat eine Tochter (Sindaja) und einen
Sohn (Sascha) geboren, jetzt ist sie mit ihren 15 Jahren (entspricht einem
menschlichen Alter von knapp 50) zwar noch längst nicht zu alt für die
Liebe, aber es gibt zurzeit keinen passenden Partner für sie in Berlin.

### Tigerliebe

Wird im Zoo Leipzig geregelt. Dort sind alle im Zoo lebenden Amur-
Tiger weltweit nach Alter, Eigenschaften und Stammbäumen katalo-
gisiert. 550 leben zurzeit in den Zoos dieser Welt. Fast dreimal so viel

wie in Freiheit. Und wenn die Gesamtzahl der noch wilden sibirischen Tiger tatsächlich unter 120 fällt, wird für diese Art der Zoo endgültig zur Arche Noah. Die Stammbäume sind wichtig, damit sich bei der Aufzucht keine Inzucht einschleicht. Es reicht, dass die Langweile das Schicksal der Zoo-Tiger ist. Sie müssen nicht auch noch meschugge sein.


## Piroschkas ruhige Kugel

Ihr steht, via Geburtsrecht, eigentlich ein Territorium von 1000 Quadratkilometern zu. Darin ist sie täglich bis zu 60 Kilometer unterwegs. Beute gibt's genug, aber Beute hat Beine. Nur zehn Prozent der Angriffe eines Amur-Tigers führen zum Erfolg. Das heißt: Er hat gut zu tun. Ein ständiges Schleichen, Spurten, Springen. Jagd jeden Tag und wenn er mal satt ist, geht's ihm fabelhaft. Im Zoo ist er immer satt, im Zoo gibt's keine Jagd, im Zoo wird Adrenalin für ihn ein völlig überflüssiger Saft. Und sein Territorium ist auch nicht mehr, was es mal war. Mit maximaler Geschwindigkeit könnte Piroschka es in zehn Sekunden durchmessen. Doch Piroschka macht auf halblang. Piroschka bummelt. Die Tigerfreianlage ist in sich stimmig. Sie hat dichtes Grün, sie hat Felsen, ein Wassergraben liegt wie ein Fluss drum herum. So in etwa sieht's auch aus, bei ihr zu Haus, am Baikalsee und in Russlands äußerstem Osten. Der Pfad, geschickt gezogen, führt mal am Wasser entlang und mal ins Unterholz und immer zum Gitter, hinter dem die Innenkäfige des Raubtierhauses sind. Dort werden sie gefüttert. Dort kann man sie aus nächster Nähe fixieren.


## Das Auge des Tigers

Piroschka liegt rum und sieht irgendwohin. Obwohl sie mich ansieht, habe ich nicht den Eindruck, dass ihr Blick mich meint. Ich fixiere sie. Piroschka rührt kein Lid. Ich reiß die Augen auf und versuche den Laserblick. Piroschka wackelt mit einem Ohr. Ich sprech sie telepathisch an. Ihr Blick verändert sich noch immer nicht, aber ihre Pupillen werden plötzlich größer und in ihnen scheint etwas zu rotieren. Nur einen Augenblick lang kommt es mir vor, als könnte ich in diesen immer größer werdenden Pupillen verschwinden, nur eine Sekunde hat der Tod von mir Notiz genommen. Dann langweilt Piroschka sich weiter. Eine Raubtierpflegerin muntert sie schließlich mit dem Bein einer Kuh wieder auf.

# KÖNIGSGEIER HANS PETER
## Zu schön für Sex

Als wir Hans Peter nebst Gattin besuchten, hatten sie gerade 'ne schöne Ratte gekriegt. Ein Besucher hatte sie den Pflegern gebracht. Besucher bringen auch schon mal tote Meerschweinchen mit oder Küken. Letztere gelten als Leckerli, Ratten als Hausmannskost.

Hans Peter nebst Gattin sind Königsgeier. Zoologisch korrekt müssten wir also zuerst den Namen der Gattin nennen, denn bei dieser Art ist das Weibchen dominant, aber das Weibchen heißt auch Hans Peter. Warum? „Bei uns heißen alle Geier Hans Peter", sagt der Pfleger. Warum? „Weil der ehemalige kaufmännische Direktor des Zoos Hans Peter hieß." Ach so. Pleitegeier. Ich glaube, dieser Vogel hat ein Image-Problem, er ist ein unbeliebtes Tier. Und Karl May war nicht ganz unbeteiligt daran. Wann immer es seinen Helden schlecht ging, kreisten Geier über ihnen.

Aber wenn sie das nicht täten, was wäre dann? Dann wäre die Erde verseucht von verwesendem, verfaulendem Aas, dann herrschte Gestank auf der Erde, dann machte spazieren gehen keinen Spaß. Die Geier sind die Müllabfuhr der Mutter Natur. Und Hans Peter ist der schönste Geier der Welt, rosa Schnabel, samtgrauer Kopf, rot umrandetes, eiförmiges Auge, und sein Hals variiert die Farben Orange und Gelb.

Hans Peter nebst Gattin sind aber nicht nur sehr fotogen, sie sind dazu noch ausgesprochen fotofreundlich eingestellt. Fast reagieren sie professionell, wie Models, sobald sie eine Kamera auf sich gerichtet sehen. Sie stellen sich in Positur und halten sie, wenn es sein muss, stundenlang. Und immer wieder klappen sie ihre zwei Meter breiten Flügel wie einen Mantel auf, damit man sehen kann, was sie drunter tragen.

Und sie machen das synchron. Darüber hinaus sind Hans Peter nebst Gattin neugierig ohne Ende. Sie knabbern an Schuhen, Taschen, Eistüten, Besenstielen, und wenn sich sonst niemand mit ihnen beschäftigen will, beschäftigen sie sich selbst mit Stöckchenziehen. Mehr nicht.

Hans Peter – 1997 in San Diego, Kalifornien, geboren – und seine Gattin, die aus dem Zoo Leipzig stammt, haben sich schon 1000 Mal berührt, doch 1000 Mal ist nichts passiert. Ist Hans Peter schwul? Oder schüchtern? Man weiß es nicht. Man hofft einfach weiter inständig, dass diese wunderschönen Königsgeier mit dem freundlichen Wesen irgendwann einmal mehr Gefallen am Sex finden als am Posieren. Das ist allerdings ein Problem, das Models ganz allgemein haben.

# HORST, DIE GRÜNE MURÄNE
## Der Wachhund im Killerbecken

Was die grünen Muränen im Hai-Becken betraf, so hatte ich ein paar Fragen an den Pfleger Christian, denn vor Jahren hatte man mir eine unglaubliche Geschichte erzählt. Von einem Mann, der in der Karibik lebte und der so misstrauisch war, dass er selbst den Banken misstraute. Natürlich misstraute er auch seiner Frau und seinen Kindern. Irgendwann kam er auf die Idee, seinen Reichtum in einer Höhle des Korallenriffs zu verstecken, das seinem Wohnort vorgelagert war.

In der Höhle lebte eine grüne Muräne. Er fütterte sie mehrmals pro Woche mit Thunfischkugeln, jede so groß wie ein Tennisball, was dazu führte, dass dieser Fisch aus der Familie der Aale zur größten Muräne der Karibik heranwuchs, und er benutzte dieses Monster mit stechendem Blick und ausgeprägter Kiefermuskulatur als Unterwasserwachhund für seine Edelsteine. Von ihm ließ sich die riesige Muräne streicheln, denn auch ein Ungeheuer beißt nicht die fütternde Hand.

Alle anderen aber, die in die Höhle wollten, sahen sich mit einem Haufen Zähne konfrontiert, nicht nur spitz, sondern auch hakenförmig. Und meine Frage an den Pfleger war: Stimmt das? Oder besser: Kann das stimmen? Seine Antwort war jein. Wahr sei, dass sich Muränen wie Hündchen füttern lassen. Unwahr sei, dass sie alle, die sie nicht füttern, verschlingen. Aber vielleicht wusste das der Misstrauische nicht, und von daher könnte die Geschichte stimmen. Der Pfleger Christian hätte kein Problem, aus den Höhlen der Muränen Schätze zu holen.

Er macht das eh alle zwei Wochen im Aquarium des Berliner Zoos, obwohl es keine Schätze sind, sondern Dreck und Unrat und was von den Fischen übrig bleibt, die sie ihnen zum Fressen geben. Schnorchel,

Flossen und Sauerstoffflaschen gehören zu seiner Dienstkleidung, und er ist der Einzige unter den Tierpflegern, den ich nicht um seinen Job beneide, weil in dem Muränen-Becken auch noch Schwarzspitzen-Haie, Ammen-Haie, Zebra-Haie und ein Teppich-Hai ihre Kreise ziehen. Natürlich weiß ich, dass die prinzipiell genauso lieb wie die Muränen sind (es wurden in den letzten 40 Jahren ja nur 2700 Haiattacken gegen Menschen dokumentiert), aber ich habe nun mal den „Weißen Hai" gesehen und kann das nicht mehr rückgängig machen.

Drei Angriffsformen haben sich durchgesetzt. „Hit & run" (treffen & flüchten) ist eine Attacke, bei der das Tier meistens nur einmal zubeißt und danach seine Beute loslässt, weil ihr Geschmack zu ungewohnt ist. „Bump & bite" (rammen & beißen) beinhaltet immer mehrere Angriffe und endet für die Beute stets tödlich. „Sneak" ist eine Technik, bei der der Hai sich von der Seite anpirscht oder von unten.

Und genau das sind die Bilder, die ich aus dem Kino kenne. Beine, Arme, Luftmatratzen, mit den Augen des Hais gesehen. Warum hat Pfleger Christian damit kein Problem? Mangelt es ihm an Vorstellungskraft? „Nein", sagt er. „Das hat andere Gründe. Erstens haben wir hier nur satte Haie. Zweitens mache ich das nie allein. Ein Kollege steht vor dem Becken, während ich tauche, und gibt mir Zeichen, wenn einer der Fische hinter mir sich ungewöhnlich verhält. Und drittens: Ich steh' nicht auf Hollywood. Ich hab' den ‚Weißen Hai' nie gesehen. Und bevor ich in Rente gehe, tue ich ihn mir auch nicht an."

# BRILLEN-PINGUINE
## Die Steinchen-Klauer

Alle Frauen lieben Pinguine. Alle. Claudia, Tatiana, Ariane, ich sage Zoo und sie sagen Pinguin. Warum? Tatiana meint, weil sie immer elegant wären und immer die Klappe hielten. Davon träumt sie aber auch nur. Pinguine schnattern wie die Gänse, abends, wenn die Besucher weg sind. Auch ein interessantes Phänomen. Wollen sie nicht, dass wir zuhören? Haben sie Geheimnisse vor uns?

Gibt's nicht. Wir kennen ihre Geheimnisse. Sie können bis zu 130 Meter Tiefe tauchen, sie schwimmen bis zu 900 Kilometer auf der Suche nach neuen Welten, und das müssen sie auch, denn was wir Schifffahrt nennen, das nennen sie Tod und Teufel. Nach der letzten großen Havarie vor der Küste Südafrikas mussten 46 000 Brillenpinguine vom Öl gesäubert werden, sonst wären sie verreckt. Noch ein paar Zahlen? Wenn das so weitergeht, haben Wissenschaftler hochgerechnet, gibt's im Jahr 2030 keine Humboldt- und im Jahr 2080 keine Brillen-Pinguine mehr.

Zurück zu meiner Frage. Zoo-Vorstandsmitglied Klös beantwortet sie. Er sagt, dass Frauen Pinguine lieben, weil sie aufrecht gehen und menschlich wirken. Große Augen, großer Kopf. Hier greift das Kindchenschema. Dem können sie sich nicht entziehen. Außerdem: Pinguine sind Romantiker. Sie gehen feste Ehen ein, die eigentlich auch halten. Und wenn ein Partner stirbt, gibt's keinen neuen. So treu? „Weiß ich nicht", sagt Klös, „vielleicht ist dann ja auch der Lack ab beim Pinguin." Fremdgehen? „Wurde auch schon beobachtet. Man geht sozusagen in die Büsche, wenn man was vorhat." Das war bildlich gesprochen. Sie haben kleine Felsenhöhlen, in die sie sich zurückziehen können. Man sollte nicht mit „Zoologen" sprechen, wenn man das eine oder andere verniedlichen will. „Der Frackträger", sagt Klös, „ist auch nur ein Piepmatz mit Federn."


Kann man Pinguine zu Hause halten?

Claudia hatte sich das gewünscht. Dafür wollte sie einen Raum als Kühltruhe einrichten. Sie irrte sich. So kalt brauchen es Pinguine nicht. Sie brauchen eine relativ gleich bleibende Wassertemperatur, mehr nicht. Und vier Fische pro Tag. Richtige Fische. Nicht zu klein, nicht zu groß. Am großen Hering würden sie ersticken, vom kleinen würden sie nicht satt. „Der ideale Fisch", sagt Klös, „ist sicherlich der mittlere Hering." Und die Aufzucht geht so: Die sechs Wochen alten Baby-Pinguine werden den Eltern weggenommen und von den Pflegern gestopft. Klös: „Damit sie lernen, Fisch kommt vom Pfleger. Pfleger nicht beißen. Fisch beißen." Und was die Frage angeht: „Wenn wir von einem Pinguin als Haustier hören, kommen wir mit der Polizei vorbei."


Tun Pinguine weh?

Arianes Frage. Antwort: „Wenn sie nach einem Menschen mit dem Schnabel hacken, hat er ein Loch im Arm", sagt Klös. Darum sollte man sie nicht necken und nicht mit Steinchen nach ihnen werfen. Obwohl sie das selbst und untereinander gerne tun. Nicht mit Steinchen werfen, sondern Steinchen klauen. Das ist eine der Launen von Mutter Natur. Jeder Pinguin klaut dem anderen Steinchen. Nur nicht, als ich da war. Es war zu heiß.

Ihre Heimat ist zwar Südafrika, aber da ist es nicht so schwül. Zu schwül zum Steinchenklauen und zu heiß zum Schnattern, selbst die Bergung der mittleren Heringe, die tot auf dem Beckenboden lagen, gingen sie nur halbherzig an.

Elementare Fragen

Der Frack hat zwei Flügel. Pinguine benutzen sie wie Flossen. Das hat sie im Wasser so schnell und geschickt wie Fische gemacht, aber ihnen die Fähigkeit des Fliegens genommen. Ich meine, das ist EINE ENTSCHEIDUNG. Wer hat sie getroffen? Die Evolution? Gott? Der Pinguin? Der Delphin hat es ja auch so gemacht. Ist vom Land ins Wasser gezogen.

Haben wir es hier ganz generell mit einem ähnlichen Phänomen zu tun wie dem, dass Menschen glauben, sie seien im falschen Körper geboren? Transelementar. Ein Vogel will ins Wasser. Ein Vogel, der lieber schwimmt als fliegt? Das will ich den „Zoologen" Klös gar nicht erst fragen. Ich habe die Antwort selbst gesehen. Das Brillenpinguin-Becken im Zoo ist zwar relativ klein (das neue wird größer), aber man bekommt eine Idee. Sie fliegen im Wasser.

## LARS, DER EISBÄR
### Das Sexmonster

Ist der Eisbär ein Moslem? Er hat exakt so viele Frauen wie der Prophet seinen Gläubigen erlaubt. Vier, und jede bekommt genug. Auch das ein Gebot Mohammeds. Keine darf vernachlässigt werden.

Sein Name: Lars. Sein Pech: Ein Zoobesucher sprang vor einem Jahr in sein Becken, um mit ihm zu spielen. Seitdem haftet Lars der Ruf an, etwas brutal zu sein, obwohl er nach den Maßstäben der Eisbärenwelt den Verrückten nur gestreichelt hat. „Der Lars ist halt sehr nett", sagt sein Chefpfleger Thomas Dörfler, 37, „auch zu seinen Frauen."

Eisbär-Harem im Zoo Berlin

Die Damen hatten hier jahrelang nichts zu lachen, denn bevor Lars zu ihnen kam, lebten sie mit Rambo zusammen, und der war ein Kastrat. Der Zoo hatte ihn vom Zirkus. Wenn Bärinnen nicht befriedigt werden, machen sie es selbst, und weil man das ihnen – aber auch den Zoobesuchern – nicht länger zumuten wollte, holte man Lars. Der lebte im Zoo Neumünster, ebenfalls nicht restlos glücklich, denn dort war außer ihm nur eine einzige Bärin, und die war alt. Die hatte keine Lust mehr. Der Bärentausch schaffte für alle Harmonie. „Alle sind glücklich", sagt der Eisbär-Pfleger. „Die alte Bärin, weil der Kastrat sie nicht belästigt, der Kastrat, weil er in Neumünster keine vorwurfsvollen Blicke sieht, und unsere Weiber sind auch glücklich, weil dieser Lars eben genau das Passende ist." Im Detail: Lars ist zärtlich, er drängt sich nicht auf, aber er lässt auch keine im Regen stehen. Schon morgens, wenn er

aus dem Käfig kommt, schnüffelt er in Richtung weibliches Sexualhormon um zu wissen, wer jetzt dran ist. Wie oft treibt es Lars? Pfleger Dörfler: „Bis zu 30 Mal am Tag."

Wie schafft er das?

Morgens um sieben gibt's Müsli (Haferflocken, Kleie, Milch). Zum zweiten Frühstück um 10.30 Uhr werden Rindfleisch, Fisch und weiße Ratten gereicht. Es können auch braune sein, aber weiße findet Lars schmackhafter. Einem vegetarischen Imbiss um 15 Uhr (Laub, Äste) folgt das Abendbrot, halbvegetarisch (Mohrrüben, Äpfel, Huhn). Außerdem kriegt Lars noch Lebertran, denn das ist er aus Neumünster gewohnt. Sein absolutes Lieblingsessen bekommt er jedoch nicht, obwohl es nur ein paar Gehege weiter wohnt.

Schreck aller Robben

Sein Fell ist so weiß wie das Eis am Nordpol. Die Robbe sieht ihn deshalb nicht. Lautlos rutscht er auf seinem Bauch an sie heran. Oder er wartet an den Eislöchern darauf, dass die Robben auftauchen, um Luft zu holen. Er wartet gern auch stundenlang. Jene Robben, die sich in ihre Höhlen zurückgezogen haben, spürt er dank seiner überaus feinen Nase durch die Schneedecke auf und buddelt sie raus. Der Speiseplan des Eisbären in freier Arktis sieht also folgendermaßen aus: Am liebsten Ringelrobben, am zweitliebsten Bartrobben, am drittliebsten Sattelrobben, und Klappmützen nimmt er auch.

Kleine Pannen

Die wilden Eisbären am Nordpol fürchten niemanden und nichts und haben höchstens Respekt vor einem alten Walrossbullen oder einer geschlossenen Front von Moschusochsen. Die Eisbären im Zoo sind anders. Als sich mal ein benachbarter Mähnenwolf irgendwie den Zugang zum Eisbärengelände erschlichen hatte, hielt ein Wolf fünf Bären nur mit seinem Gekläffe in Schach. Ein Kranich war auch mal da. Und hat's überlebt. Trotzdem würde sich der Pfleger, wenn die Eisbären mal ausbrechen sollten, sofort in irgendeinen freien Käfig wegsperren. „Sie sind fürchterlich gefährlich."


Bodybuilders Irrtum

Als ich gehen will, beginnt es zu regnen. Ich suche unter den Bäumen Schutz und bleibe noch ein bisschen. Zwei Bodybuilder kommen mit ihren Freundinnen vorbei. Beide Männer sind bis zur Unkenntlichkeit vermuskelt. Einer von ihnen will den Mädchen imponieren und brüllt zu den Eisbären rüber. „Euch catch ich um." Ein Mädchen lacht.

Stünden sie tatsächlich zusammen im Ring, würde Folgendes passieren: Der Eisbär, 500 Kilogramm schwer, richtet sich auf. Jetzt ist er mehr oder weniger drei Meter hoch. Der Bodybuilder überdenkt sein Tun, aber was nun? Weglaufen? Ganz falsch. „Sie sind sehr neugierig", sagt der Pfleger. Und wenn sich das Objekt ihrer Neugierde nicht mit einer deutlich höheren Geschwindigkeit als 50 km/h entfernen kann, hat es keine Chance. Also Kräfte sparen und gleich mit ihm catchen? Ein beliebter Griff im Eisbären-Catchen geht so: Das Tier umarmt den Gegner und reißt ihn von hinten in zwei Hälften. Und aus.

# LEOPOLD, DIE RIESENSCHILDKRÖTE
## Paarungsverhalten von Baumaschinen

Riesenschildkröten wandern so schnell wie Gletscher, und die beste Art, das zu beobachten, geht so: Vor ihrer Wiese steht eine Bank, auf die man sich legen kann, und wenn man ab und an die Augen aufmacht, hat man nichts verpasst. Leopold starrt noch immer das Butterblümchen an. „Er will es nicht fressen", hat sein Pfleger zu mir gesagt. Ja, was will er dann? Ist er ein Ästhet? Ist er verliebt? Und gibt es das? Liebe zwischen Blume und Kröte, zwischen Panzer und Blüte? Ich komme zu anderen Schlüssen. Was für uns eine halbe Ewigkeit ist, gilt unter Riesenschildkröten nur als ein flüchtiger Blick.

Es sind also eher ruhige Tiere, es sei denn, Leopold fickt. Riesenschildkröten haben den lautesten Sex in ganz Hagenbeck. Man hört sie über einen Kilometer weit und es hört sich an, als ob es eine Baumaschine mit der anderen treibt. Wie Bagger, die sich paaren, oder wie Planierraupen im Bett. Leopolds Panzer bringt immerhin 300 Kilo auf die Waage, in diesem Fall auf die Dame, kein Wunder, dass die Hydraulik stöhnt und ächzt. Noch eine andere Eigenart der Riesenschildkröte erlaubt Vergleiche mit dem Baugewerbe. Ihr Urin enthält Substanzen, die aus Sand Zement werden lassen. Wenn sie ihre Eier verbuddeln, urinieren sie so lange, bis eine harte Platte ihre Nachkommenschaft vor dem Zugriff der Krebse schützt.

Erstaunliche Tiere, erstaunliche Mägen. Leopold frisst alles. Gräser, Obst, Gemüse, aber auch Fisch, Fleisch und Holz sowie Plastiksandalen, Personalausweise und Kreditkarten. ‚Bitte nicht füttern' macht hier unbedingt Sinn. Ihre Allesfresserei, verbunden mit der Unknackbarkeit ihrer Panzer, machte die Riesenschildkröte vor etwa 100 Millionen Jah-

ren zu einer der weitest verbreiteten Arten auf dem Planeten Erde – so lange, bis die Säugetiere kamen.

Es stellte sich heraus, dass die Kröten nur wenn sie wach sind, Kopf und Hals unter den Panzer kriegen, wenn sie schlafen, funktioniert das nicht. Lediglich auf zwei kleinen Inseln, den Maskarenen vor Madagaskar und den Galapagos in den Seychellen, konnten sich die großen Kröten halten, weil dorthin keine Säugetiere kamen. Noch mal zig Millionen Jahre später aber hatte die Evolution die Piraten geschaffen, und die haben die Riesenschildkröten als ideale Lebendfleischkonserve entdeckt. 150 000 sind uns heute geblieben, davon drei bei Hagenbeck. Und wenn Leopold weiter so fleißig ist, könnten bald vier daraus werden, oder fünf, oder sechs. Zeit genug hat er dafür. Er wird 150 Jahre alt werden, wenn kein Komet ihn trifft.

Abschließend noch eine wahre Geschichte aus dem märchenhaften Orient. Wenn der letzte Sultan des Osmanischen Weltreichs (Großtürkei) Feste gab, pflegte er seine Palastgärten folgendermaßen zu beleuchten: Er ließ Öllämpchen auf die Panzer von 2000 Riesenschildkröten anbringen und sie dann frei laufen. Wie gesagt: Die klassische Lichtgeschwindigkeit ist das nicht.

# BONITO, DER JAGUAR
## Räuber der Seelen

Er heißt Bonito, der Schöne, und wie es der Zufall wollte, hatte er Geburtstag, als ich kam. Happy Birthday, schwarzer Jaguar. Du warst mein Lieblingstier, bis ich einen von euch am Amazonas traf. Hier, in Friedrichsfelde, könnten wir einiges klären. Hier ist ein Gitter zwischen uns und nicht nur Blätter, Äste und Gebete. Hätte ich eine Chance gehabt? Und wie hättest du mich getötet?

Wir waren immerhin zu dritt, die beiden Garimperos (Goldsucher) und ich, und wir hatten zwei Macheten und einen Knüppel. Ich glaubte damals, das müsste eigentlich reichen – für 'ne Katze wie dich. Aber als ich sah, wie sich die Garimperos fürchteten, wusste ich, vielleicht reicht's auch nicht. Härter und furchtloser als die Goldsucher am Oberlauf des Rio Negro kann eigentlich niemand sein, und jetzt stand die Angst wie eine Maske in ihrem Gesicht. „Onza", sagte der eine und bekreuzigte sich. Sie meinten dich. Sie meinten Jag War. Das ist dein Name bei den Indianern des Regenwalds. Übersetzt heißt es: „Der im Fliegen jagt." Kannst du fliegen, Bonito, sag.


Revierchef Katzen

Detlef Jany, 42, beschreibt, was du tun würdest, wenn man dich in ein Gehege ließe, das nach oben offen ist. Denn du tust mir Leid. Warum sind die Tiger und die Löwen unter freiem Himmel, du aber nicht? Dein Pfleger sagt, weil du der Beste bist. Du würdest aus dem Stand auf einen Stein oder auf einen Baumstamm oder auf irgendwas springen, das da

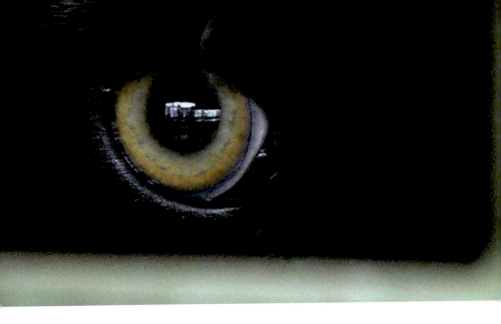

rumliegt, von da geht's weiter an die Wand und die katapultiert dich nach oben raus. „Dreisprung nennt man das", sagt der Revierchef im Tiergarten Friedrichswalde, „Sprunggelenke wie Trampoline."

Meister der Jäger

Der schwarze Jaguar, im Volksmund Panther genannt, ist die einzige Raubkatze, die mehr als 84 Tierarten erlegt, am Boden, im Wasser, in den Bäumen. Im Grunde erlegt er alles, was sonst noch am Amazonas lebt, außer den Krokodilen. Denn er kann nicht nur im Dreisprung fliegen, er ist auch völlig unsichtbar. Nur seine Augen sind in der Nacht zu sehen.

Du hast wunderschöne Augen, Bonito, gelb, fast orange, mit Pupillen so grün wie Smaragde. Die Indianer sagen, du bist der Räuber der Seelen. Du machst Angst. Jeder, der professionell im Regenwald unterwegs ist, hat Angst vor dir, mehr als vor allem anderen. Als einzige Großkatze tötet der Jaguar nicht durch einen Biss in die Kehle oder einen Biss ins Genick. Er knackt die Schädel mit seinen Eckzähnen.

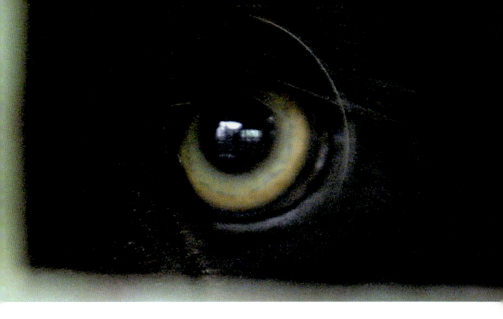

Der schöne Bonito

Ein Jahr alt und schon so groß wie seine Mutter. Noch ein Jahr, dann ist er geschlechtsreif. Dann muss die Mutter raus. Wenn man sieht, wie er geht und sich dreht, versteht man, warum ein Auto nach ihm benannt worden ist, ein Auto wie der Jaguar. Kraft gepaart mit Eleganz. Und zickig. Jeden Moment kann aus dem Nichts eine Prügelei unter den Tieren entstehen. Geschmeidig, nervös und irgendwie immer auf 180, wie Menschen, deren Kehlkopfdrüse überproduziert, kreist Bonito durch den Käfig, und sein Pfleger redet mit ihm

Jaguarisch

Fauchen Sie nicht. Sonst legt er die Ohren an, und seine Mimik gefriert in Richtung stechender Blick. „Der hat Blicke drauf", sagt sein Pfleger, „da krieg ich 'ne Gänsehaut." Man muss vielmehr versuchen, ein Wort auszusprechen, das aus den Buchstaben PFR besteht. Pfrrrrrrrrrrr. Das ist das Jaguar-Prusten und es bedeutet, ich tu dir nichts, also tu du mir auch nichts. Möglich, dass er das ähnlich sieht, und dann kann es geschehen, dass Bonito den Kopf ein bisschen an die Gitter presst und wie ein Kätzchen wird, das ein bisschen Liebe will.


Besser nicht streicheln

Seite Tatze hat fünf Enterhaken, und er kommt damit etwa einen halben Meter weit durch die Gitterstäbe. Jegliches Fleisch, in das er seine Enterhaken schlägt, sieht danach nicht mehr gut aus. Er wird versuchen, es an sich heranzuziehen. Das Opfer wird versuchen, dem zu entfliehen. Das reißt noch mehr auf. Etwa einen Meter vor seinem Käfig verläuft die Besucherstange. Vor die sollte man nicht gehen. Also was machen, wie kann man Bonito verstehen?

Die Tapi-Indianer, auch Jaguar-Menschen genannt, weil sie alles tun, um von dem genialen Jäger zu lernen, machen es so: Sie melken eine giftige Kröte. Normalerweise benutzen sie dieses Nervengift für ihre Pfeile. Nur wenn sie mit dem Jaguar reden wollen, ritzen sie es sich in die Haut. Was folgt, ist kein Zuckerschlecken. Krämpfe, Würgreiz, alles Mögliche, und wenn sie damit durch sind, sagen die Jaguar-Menschen, beginnt der telepathische Kontakt mit Jag War, dem Räuber der Seelen. Dann jagen auch sie im Fliegen. Happy Birthday also, schwarzer Jaguar.

# TATANKA, DER BISON
## Leider ohne Bremse gebaut

Sie haben das Gedächtnis eines Elefanten, die Kraft eines Bulldozer und die Aura eines Aristokraten. Die Indianer glaubten, dass sie magische Kräfte besitzen. Ihr Name für Bisons ist „Tatanka". Ich konnte ihre Verehrung ein bisschen nachvollziehen, als der Bison-Bulle sein Maul durch das Gatter schob, um an die Brötchen zu gelangen. Ich glaubte eigentlich, so ein Tier hätte rote Augen und Rauch käme aus seinen Nüstern, aber er hatte braune Augen mit himmelblauen Pupillen. Die schräg gestellt waren. Ein himmelblauer Schlitz sah mich von der Seite an. So ein Auge habe ich noch nie gesehen.

Es gibt keine ausgewachsenen Bisonbullen. Sie fallen entweder tot um oder werden größer. Sein Schulterrist misst knapp zwei Meter, er ist um die 800 Kilo schwer und macht damit seine 40 bis 60 km/h im Schnitt – und das ausdauend.

Bisons sind wie Diesel-Lastwagen. Die laufen um die ganze Welt. Es ist bekannt, dass Bisons ursprünglich in Europa grasten, dann über Russland, den Ural und durch Sibirien bis zur Beringstraße rasten, wo Asien endet und das Eis beginnt, hinter dem Amerika anfängt. Also rüber und durch Alaska nach Kanada galoppiert, die Berge rauf, die Berge runter, und endlich lag es vor ihnen. Das Meer aus Gras. Sie stürzten sich in die Prärie und fraßen sich bis Mitte des 19. Jahrhunderts auf eine Population von 30 Millionen Stück hoch.

Freut sich der Bison, ist der Indianer gesund. Sie jagten ihn, sie aßen ihn und sie zogen sein Fell an, außerdem wohnten sie in seiner Haut (Tipi). Er war ihr Leben, er war ihr Vorname (Sitting Bull), dann kam der weiße Mann (wir), den Rest machte der große Karl May allgemein

bekannt. Die edlen roten Brüder hatten bald nichts mehr zu essen, denn Bruder Ballermann schlachtete innerhalb eines halben Jahrhunderts die 30 Millionen Bisons bis auf 30 Exemplare ab. 1906 begann das Aufzuchtprogramm. Inzwischen gibt es wieder 30 000 Bison in Nord-Amerika. Das sind beeindruckend leichte Zahlen. Alle fangen mit 30 an.

Zurück zu den Augen. Der Bison-Bulle ist farbenblind, wie jeder Stier. „Das rote Tuch des Torero ist Quatsch", sagt Tierpfleger Röbke. „Für einen, der nur schwarz-weiß sieht, hat Rot keinerlei erregende Wirkung. „Es ist das Zucken und das Schlagen mit dem Tuch, was sie wütend macht, und bei den Bisons hier braucht es nicht mal das. Es reicht, ihr Gatter zu betreten, und die Show geht los. Der Kopf, waschmaschinengroß, geht runter, der eine oder andere Huf scharrt im Sand, jetzt verändert sich die Farbe der Augen. Alarmstufe Rot. Und ab geht's. Was man da machen kann?

Die Zeitschrift „Jagen" empfiehlt nur Kaliber ab 300, mit schweren, harten Geschossen, wie die 300er Winchester Magnum. Afrika-Jäger können sich auch mit ihrer bewährten Büchse weiterhelfen, der 416 Rigby, und wer auf Gehirnschüsse setzt, kommt zur Not auch mit Universalkalibern aus. Aber Schuss muss sein. Anders stoppt man einen Bison nicht. Nicht mal er selbst kann sich stoppen. Er ist ohne Bremse gebaut.

Witz des Tages: Die Schüler einer Grundschule kommen an dem Gatter der Bisons vorbei. Sie wollen wissen, was das ist, das dem Bison da am Bauch hängt. „Ach", sagt die Lehrerin, „das ist nichts." Ein Tierpfleger, der in der Nähe weilt, schaltet sich ein. „Gute Frau", sagt er, „Sie sind aber verwöhnt."

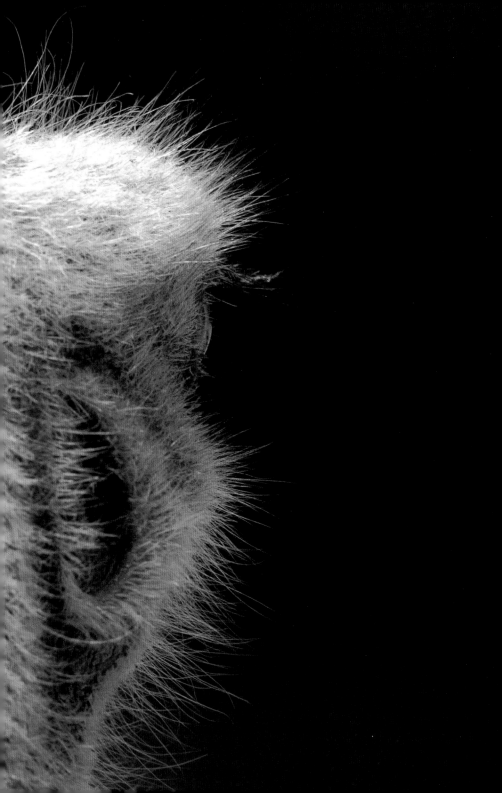

# Bruce Lee, der Strauß
## Das Killergehege

Ein Tischtennisball kann nicht denken. Warum sollte es ein Straußenhirn tun? Es ist kein Stück größer. „Dieser Vogel ist die dümmste Kreatur in ganz Hagenbeck", meint Tierpfleger Toni, „denn er unterscheidet nicht zwischen Freund und Feind." In diesem Fall zwischen Pfleger und Jäger und – gepaart mit einigen anderen Charakterlosigkeiten – macht ihn das zum gefährlichsten Tier im Zoo. Der Strauß ist gänzlich unberechenbar. Er greift an, wenn man es nicht erwartet. Und wenn man es erwartet, greift er auch an. Und dann? Toni: „Dann kommt ein 160 Kilo schwerer Vogel mit 80 km/h auf dich zugelaufen. Er ist 2,70 Meter groß und macht Schritte bis zu vier Metern. Manche Leute sagen, in diesem Fall soll man sich flach auf den Boden legen. Wie bei Pferden. Im Gegensatz zu Pferden interessiert das aber keinen Strauß. Er trampelt dich tot. Und aus. Man kann auch stehen bleiben. Dann hebt er ein Bein und schlitzt dich mit seiner Kralle einmal der Länge nach auf." Toni öffnet sein Hemd, um ein paar Narben zu präsentieren. Lange Narben. Tiefe Schnitte.

Da stellt sich natürlich die Frage, was ein Strauß gegen Menschen hat. Das ist eine alte Geschichte. Um die vorige Jahrhundertwende waren seine Federn beliebt bei Opernsängerinnen und Kabaretttänzerinnen. Heute schätzt man Straußenherz in Kräutersauce, butterweich aromatisch, mit Erdäpfeln (österreichisch für Kartoffeln). Oder man trägt Lippenstifte, Schminkspiegelchen und Präservative in Handtaschen aus Straußenleder. „Es gibt viele Gründe für diesen Vogel, uns aufzuschlitzen und tot zu trampeln", meint Toni. Und warum lebt der Tierpfleger noch? Rund um das Straußengehege sind Sicherheitstüren und Sicherheitsbarrieren wie in einer Stierkampfarena. Niemals entfernt er sich mehr als zehn Meter davon. Außerdem: In allen anderen Tiergehegen gehen die Türen und Pforten nach innen auf. Damit es sich für keinen Bison oder Elefanten lohnt, sich dagegen zu werfen. Nur bei den Straußen öffnen sie sich nach außen. Das hat den Vorteil, dass man auch schneller vor den Zebras und Warzenschweinen weglaufen kann, die in demselben Gehege leben. Toni: „In allen Spielfilmen, deren Drehbücher zahme Zebras verlangen, hat man Pferde genommen und angemalt. Und durch die Warzenschweine kommen in Afrika jedes Jahr mehr Safari-Touristen ums Leben als durch Löwen." Tödliche Schweine, gefährliche Zebras und aggressive Riesenvögel. Das reinste Killergehege.

Warum tut Toni sich das an? „Ich liebe sie einfach", sagt Toni. Außerdem gäbe es durchaus eine Möglichkeit, mit einem attackierenden Strauß fertig zu werden. „Man muss sich seinen Hals greifen, den Kopf nach unten ziehen und zwischen seine Beine halten." Aber ein Problem bleibt: „Irgendwann muss man ihn wieder loslassen."

# CARLOS, DER ARA
## Das Haustier der Piraten

Es gibt Bohrmaschinen, mit denen man sich durch Betonfundamente quält. Die sind so hoch wie ein Haus, und die Bohrspitze hat einen Durchmesser von 1,80 Meter, und wer ein Weilchen in ihrer Nähe steht, hat schnell zerrüttete Nerven zu beklagen. Der Schrei des Aras ist noch etwas schlimmer. Ich kannte mal einen Koch, der hatte zwei von diesen Exemplaren, die alles aus dem Regenwald jagen, und immer wenn seine beiden Papageien im Gastraum ihre Stimme erhoben, fielen Löffel in Suppen und Gläser barsten.

Irgendwie habe ich es dann geschafft, mich 20 Jahre von diesen Vögeln fern zu halten, aber vor zwei Tagen kam ich wieder mit ihnen in Kontakt, weil Walter Wolters, 36, Kurator für Vögel bei Hagenbeck, 22 Aras hat und ihn das glücklich macht. „Ich habe nie einen Vogel weggegeben. Ich wollte immer den größten Käfig Europas." Er hat ihn gekriegt. 31 000 Kubikmeter mit einer lichten Höhe von achteinhalb Metern, und in den Nistkästen sind Kameras angebracht. Denn: „Ich will wissen, was geht da wirklich ab." Und was hat er herausgefunden?

Aras schreien zwar wie Bohrmaschinen, aber lieben sich wie Menschen. Erster Schritt: Sympathie. Sie sitzen einen halben Meter auseinander und schauen sich hin und wieder mal an. Zweiter Schritt: Federkontakt. Dritter Schritt: Schnabeln, was mit unserem Küssen vergleichbar ist. Und vierter Schritt: ab ins Bett. Genau wie wir haben sie Sex aus Spaß, auch außerhalb der Legezeit, das ganze Jahr. „Was hat sich Mutter Natur dabei gedacht?", frage ich. „Es festigt die Beziehung", antwortet Walter Wolters. Aras sind so monogam, monogamer geht es nicht. Sie hocken beieinander, 40, 50 Jahre lang, und wenn einer stirbt,

dann stirbt der andere hinterher, sobald er kann. Klar, dass treue Vögel schlechte Flieger sind. Aras fliegen tief (so zwei Meter über dem Boden) und auch nicht weit (von Baum zu Baum), und wenn man bedenkt, wie eng die Bäume in Amazonien beieinander stehen, ist es erstaunlich, zu welchen Distanzen Hagenbecks bester Flugpapagei fähig ist.

Name: Carlos, Alter: sechs, Showtime: täglich 15 Uhr. Er startet vom Arm eines Pflegers, der hoch oben am Felsen bei den Gämsen steht, bekommt Schwung beim Fall in die Tiefe, den er zum Gleitflug über künstliche Teiche und Wiesen nutzt, was ein schöner Anblick ist, denn das Gras ist grün und Carlos ist kunterbunt, und am Ende der Show wartet Walter Wolters mit einer Nuss. Egal welcher. Der Schnabel des Aras ist hart, damit knackt er auch Finger, wenn es sein muss, und manchmal ist dieser beherzte Papagei dermaßen in Fahrt, dass er an seinem Kurator vorüberzieht und bis zur U-Bahn-Station Hagenbeck weiterfliegt. Nicht so an diesem Tag. Carlos landet brav auf Walter Wolters Lederschutz. „Ich brauch mal einen mutigen Freiwilligen", sagt der, und weil ich der einzige Mann unter all den Kindern und Müttern bin, setzt er mir den Ara auf den Arm.

Vergessen sind die Tage mit den schreienden Papageien des Kochs, vergessen ist das Lied der Betonbohrer, es ist schön, wenn die Sonne scheint und ein Mann einen großen Vogel bei sich trägt. Carlos sieht das genauso.

# ATA ALLAH, DIE KAMELE
## Komische Tiere haben komische Waffen

Sie haben komische Frisuren, komische Höcker und extrem komische Gesichter mit abstehenden Ohren. Die Frage ist: Wie verlieben sie sich ineinander? Schönheitsideale sind von Tier zu Tier sehr unterschiedlicher Natur. Was vor Begierde rasend macht, muss beim Kamel nicht dasselbe sein wie beim Stachelschwein. Tierpflegerin Annett Krüger sagt, es sind die knutschigen Schnauzen und die weichen Lippen, die Orientalen sagen, es sind die großen, sanften Augen mit dem verständnisvollen Blick, ich sage dazu nichts.

Ich habe einmal südlich von Mhamid (Sahara) ein einäugiges Kamel geritten. Das fehlende Auge hatten die Beduinen durch ein Stück Glas ersetzt. Zudem war es bösartig. Dank seines langen Halses konnte es mühelos sein Gesicht zu mir drehen, inklusive seinem Maul mit den 34 scharfen Zähnen. Alles Mögliche konnte geschehen. Die Kamelpflegerin im Tierpark weiß ein Lied davon zu singen. „Sie spucken treffsicher bis zu drei Meter. Anfangs nur, was sie an Spucke im Maul haben, aber wenn sie richtig wütend sind, holen sie ihren Mageninhalt nach vorn. Und dann bist du nass." Komische Tiere haben komische Waffen.

Ata Allah

Das ist arabisch. Es heißt Geschenk Gottes. Wenn fraglich bleibt, was Kamele an Kamelen finden, so ist die Liebe des Menschen zu diesem Tier ziemlich leicht zu verstehen. Die schlanken, langen Beine haben starke Muskeln. Das lässt sie, pro Kamel, bis zu 450 Kilo Lasten tragen, so 40 Kilometer am Tag. Einmal im Jahr verlieren sie komplett ihre Haare. Daraus werden Kleider, Teppiche, Zelte und Pinsel gemacht. Man kann sie essen. Sie schmecken wie Steaks. Man kann sie trinken. Ihre Milch schlägt, was die Nahrhaftigkeit angeht, jede Kuhmilch um Längen. Sie hat weniger Fett- und Milchsäuregehalt und mehr Kalzium, Eisen und Vitamin C. Oberst Gaddhafi, der starke Mann aus Libyen, schwört auf Kamelmilch. Auf allen Staatsreisen, die ihn außerhalb des arabischen Kulturraums führen, lässt er zwei Muttertiere nachfliegen. Frisch gereicht, schäumt Kamelmilch wie Cappuccino, der Geschmack ist schwer und süß.


Unkosten

Das Tier ist zufrieden, wenn es einmal in der Woche zu fressen bekommt, fällt aber auch nicht um, wenn daraus zwei oder drei Wochen werden. 40 Prozent Gewichtsverlust steckt es problemlos weg. Das Tier freut sich, wenn es mit Datteln, Kräutern und Getreide gefüttert wird, aber es frisst auch Knochen, Disteln und Dornenhecken, und wenn es nichts anderes gibt, auch Zelte. Der Himmel über der Wüste hörte diesbezüglich so manchen Nomaden klagen. Nur beim Wasser, wenn es mal da ist, sind sie maßlos. Kamele saufen 100 Liter in zehn Minuten. Denn weit ist der Weg. Und kurz sind die Schatten.


Schlechte Eigenschaften

Außer dem Spucken gibt's nur noch eine. Kamele sind sturer als Esel. Obwohl sie bestens hören, regieren sie hin und wieder weder auf Bitten noch Befehle. Bestes Beispiel: das erste und wohl auch letzte Kamelrennen auf der Galopprennbahn Hoppegarten vor ein paar Jahren. Das Tier, das in der letzten Runde um Kamellängen vorne lag, stoppte zwei Meter vor der Zielgeraden und ging in die Büsche um zu fressen. Der

Jockey bekam einen Koller, aber da war nichts zu machen. Erst als alle anderen an ihm vorbeigaloppiert waren, kriegte er das Rennkamel wieder flott.


Die ewige Frage

Wenn Beduinen heiraten, müssen sie an die Familie der Frau ein ordentliches Brautgeld zahlen. Währung: Kamele. Das ist das Eine. Das Andere: Es kommt immer wieder vor, dass sich Touristinnen während des Urlaubs in ihre Kamelführer oder Hotelanimateure verlieben. Zwar sieht nicht jeder aus wie der junge Omar Sharif (Dr. Schiwago, Lawrence von Arabien), aber Samtaugen haben sie alle. Wie viele Kamele also gibt's für eine Berlinerin? Kommt auf die Frau an, würde ich sagen. Und auf das Land. 30 in Ägypten, 60 in Marokko. Die Herde im Tierpark Berlin würde in jedem Fall reichen.

Auf der weitläufigen grünen Wiese des Tierparks, baumbestanden und mit einem Wassergraben drum herum, sieht man 62 glückliche Kamele, denn im Gegensatz zu ihren Kollegen in Afrika müssen sie weder arbeiten noch dursten und darben, sondern können nach Herzenslust rumstehen und/oder grasen. Die ewige Oase. Trotz dieser erheblichen Unterschiede zwischen der Wüste und Berlin beginne ich zu träumen, es wäre keine Herde, sondern eine Karawane. Denn das ist ihr Mythos, ihre Legende und ihr Rollenfach seit Marco Polo. So nimmt eine Karawane Gestalt am Horizont an und sieht in der flirrenden Hitze wie eine Fata Morgana aus. Sie ist mit meinen Träumen beladen, und die Farben der Satteltaschen weisen mich schon von weitem auf ihren Inhalt hin. Rostbraun für Schutt? Weiß für Asche? Nein. Rot für Rubine, grün für Smaragde, blau für Saphire. Aber in einigen sind auch Perlenketten und das eine oder andere kühle Bier.

# PHYLO, DER SEEDRACHE
Er frisst nur Jungfrauen –
aber keine hässlichen

Ich will offen sein. Dieses Tier wird zu einem Problem für mich. Es ist wahnsinnig schön, und es gibt wahnsinnig wenig darüber zu erzählen. Es ist das Phantom von Hagenbeck. Selbst Tierpfleger Reiner Reusch, der im Troparium seit 16 Jahren arbeitet, weiß eigentlich nichts von dem Seedrachen. Hat er wenigstens einen Namen? „Nee." Sollte er aber, denn seinen wissenschaftlichen merkt man sich nicht. Oder? Ich versuche es. „Phylopteryx Taeniolatus." Wie spricht man das? Wie man es liest? Wie liest man das? Wie man will? Ich schlage eine Abkürzung vor.

„Phylo"

Phylo ist eine absolute Rarität. Man muss schon das Land verlassen, um ihn in anderen Zoos zu sehen. Oder 30 Stunden fliegen und an den Korallenriffen Westaustraliens tauchen gehen. In 20 Meter Tiefe, mehr oder weniger, und auch da kann's passieren, dass man Phylo übersieht. Weil er zu schön ist, zu schillernd, zu unwirklich. Er wechselt dauernd die Farbe, was an den Hintergründen liegt oder an dem Wechselspiel des Lichts. Kann ich davon lernen? Ja. Aber so schön bin ich nicht. Dem Tierpfleger geht es ähnlich. Er muss lange überlegen, welche Eigenschaft Phylos er sich zum Vorbild nehmen kann, und je länger er überlegt, desto weniger fällt ihm ein. Denn das Einzige, was man von diesem Tier definitiv weiß, kann weder für Reiner Reusch noch für mich vorbildlich sein. Die Weibchen legen ihre Eier in den Brustbeutel

des Männchens ab. Er brütet sie aus. Trotzdem: Ich will den Seedrachen in diesem Buch haben um zu zeigen, dass es bei Hagenbeck auch Fabelwesen gibt.

Und was erzählen die Fabeln über ihn? Der Seedrache ist seltener als der weit verbreitete Landdrache, sagen die Überlieferungen der Phantasie. Als Grund dafür werden seine merkwürdigen Essgewohnheiten genannt. Seedrachen ernähren sich ausschließlich von Jungfrauen, von denen es ohnehin schon wenige gibt, noch dazu machen sich die Seedrachen das Leben selber schwer, weil sie so anspruchsvoll sind. Hässliche Jungfrauen verspeisen sie nicht. Und in die schönen verlieben sie sich, was ihnen ebenfalls den Appetit verschlägt. Trotz dieser ständigen Diät sind sie im Kampf mutige und faire Gegner. Ende der Fabeln. Zurück zur Realität.

Phylo hat sich inzwischen ein wenig fortbewegt. Seine Flossen erinnern an Blätter oder Tautropfen, das heißt, sehr schnell bewegt er sich nicht. Dafür tänzerisch. Phylo kann waagerecht und senkrecht tanzen, auch diagonal, und er tanzt um sein Weibchen zu einer Musik, die man wohl nur im Inneren des Aquariums hört. Tierpfleger Reusch sagt, das macht er eigentlich den ganzen Tag. „Aha", sage ich. Und der Tierpfleger strahlt. „Stimmt. Das ist vorbildhaft."

# PAVIANE
## Affenärsche zum Ausklappen

Würden Paviane den „Playboy" machen, hätten wir ein Heft mit den hässlichsten Ärschen der Welt. Je hässlicher, desto geiler, denn die knallroten, irrsinnig angeschwollenen Hinterteile gelten unter Affen als erotische Signale paarungsbereiter Weibchen. Pavianärsche zum Ausklappen. Gott sei Dank machen Paviane keine Sex-Magazine, und erfreulicherweise kommen sie auch nicht über die Mauer ihres Geheges, denn sie haben ein fürchterliches Gebiss und greifen im Rudel sogar Leoparden an, wenn ihnen danach ist.

Menschen greifen sie ebenfalls an, vor allem Menschen, die nett zu ihnen sind. Das hat mit ihren Tischsitten zu tun. Die ranghöheren Affen fressen immer zuerst, die Schwächeren überlassen ihnen das Futter. Zoobesucher, die ihnen Bananen zuwerfen, stufen sich selbst in den Augen der Paviane als rangniedrigere Existenzen ein und werden verachtet. Pavian-Knigge, erste Regel: Soll der Affe Sie ehren, füttern Sie ihn nicht. Zweite Regel: Niemals dem Affen direkt in die Augen sehen. Eine Regel, die übrigens auch für Hell's Angels und Zuhälter stimmt. Pavian-Knigge, dritte Regel: Jeder Affe hat so viele Weibchen wie er verteidigen kann. Manchmal vier, manchmal drei, manchmal sechs, aber zehn sind zu viele, weil er nicht auf sie aufpassen kann. Denn bei Pavianen reichen Sekunden der Unaufmerksamkeit, und schon begattet ein anderer Affe sein Weib. Das A und O der Affenliebe (Pavianknigge, vierte Regel) ist also die Zügigkeit.

Der Pavianfelsen mit seinen Höhlen, Halbhöhlen, Mulden und Baumstamm-Arragements geben dem Völkchen aus rund 70 Affen das Gefühl, zu Haus in Südafrika zu sein. Nur das Hamburger Klima spielt da nicht wirklich mit. Weil aber alle Tiere im Zoo geboren worden sind, wissen sie das nicht. Und was der Affe nicht weiß, macht ihn nicht heiß (Pavianknigge, Nummer fünf).

Abschließend noch ein Wort in eigener Sache. Nachdem ich stundenlang an ihrer Mauer stand um zu beobachten, wie sie sich lieben und lausen, kam mir folgende Vision: Irgendwann in ferner Zukunft übernimmt eine andere, tausend Mal intelligentere Existenz als wir das Regiment auf diesem Planeten, und dann bauen sie einen Menschenzoo mit einem Gehege, das exakt wie eine Straßenkreuzung aussieht, mit Hausfassaden, Balkons, Cafés, Kinderspielplätzen und Ampeln. Und drum herum stehen die neuen Herren der Erde und werfen Leckereien über die Mauer. Und wie fände ich das? Wenn's keine Bananen wären, sondern ein kühles Bier, ginge das ok.

# RONALDO, DER IBIS
## Ein Vogel wie ein Nagellack

Er ist nicht der Vögel Feuerwehr, obwohl das praktisch wär. Er ist kein Feder-Ferrari (nicht so schnell), und auch rauchen kann man ihn nicht. Warum dann dieses Marlboro-Rot? Der Ibis scheint sich das selbst zu fragen. Er steht im flachen Wasser von Hagenbeck und beäugt sein Spiegelbild. Man könnte fast sagen, er ist darin versunken. Am liebsten würde er sich mit sich selber paaren. So schön findet er sich. Danke, Zoo.

In Freiheit wäre er nicht ganz so rot. Das Farbpigment im Gefieder des Roten Ibis ist ebenso wenig wie bei den Flamingos ein Eigenprodukt der Vögel, sondern wird über Nahrung aufgenommen. Carotinoide, das Geheimnis der Karotte. Sie finden sich aber auch in größerer Menge in der Tomate (mag der Ibis nicht) und unter den Panzern von Krabben und anderen Krustentieren (mag er sehr). Kriegt der Vogel davon nicht genug, verblassen seine Federn innerhalb kürzester Zeit. Werden grau-braun, sogar gescheckt. Hässlicher Ibis. Bei Hagenbeck werden deshalb mit Liebe und Akribie Rhododendronblüten gepflückt, gesammelt und gemahlen, um sie dem Futter beizumischen. Sie enthalten extrem viel Karotin. Ergebnis: Ein Vogel – wie ein Nagellack.

Frauen wissen es sowieso. Rot ist die schreiendste aller Farben, die nur dann nicht aufdringlich wirkt, wenn sie irgendwo einen Ausgleich hat. Beispiel: Wenn Sie knallroten Lippenstift benutzen, sollten Sie auf das Schminken der Augen verzichten. Sonst wird das Erscheinungsbild vulgär. Auch rotes Kleid *und* rote Schuhe sind jenseits der Prostitution eine ungute Kombination. Rotes Kleid, rote Schuhe *und* rote Handschuhe (sowie rote Haare unterm roten Hut) sind dann definitiv der Overkill.

Wie löst der Ibis das Problem? Womit gleicht er aus? Antwort: Er schweigt. Nur in großer Erregung stößt er gelegentlich tiefe Laute aus. Ansonsten ist er der stillste Vogel weltweit. Das macht Sinn. In der Mode wie im Regenwald. Am Amazonas, wo er zu Hause ist, gibt's zu viele Krokodile und zu viele freche Katzen, und auch Goldsucher, Indianer und Mitarbeiter der Kokainlabore gelten als natürliche Feinde. Die Goldsucher, weil sie alles essen, die Indianer, weil sie sich gern mit Federn schmücken, und die Drogenproduzenten, weil sie gut bewaffnet sind und schlechte Nerven haben. Also Klappe halten, wenn die Farben schreiend sind.

# KUNIGUNDE, DER WOLF
## Böse waren nur die Brüder Grimm

Sind das Tränen, Kunigunde, oder ist das nur eine Spur in deinem Fell, die zufällig von den Augen senkrecht zum Maul verläuft? Ich habe es nur auf einem Foto gesehen. Als ich vor deinem Gehege stand, sah ich nicht einmal dich. Dein kleiner Privatwald hatte dich verschluckt. Ich habe irgendetwas gerufen. Wolf, Wolf, oder Hey Alter, wo bist du, denn zu diesem Zeitpunkt wusste ich noch nicht, dass du kein Wolf bist, sondern eine Wölfin. Erst deine Pflegerin hat es mir gesagt. Sie heißt Ursula Riesbeck. Du heißt Kunigunde. Und du bist steinalt. Du bist „jenseits von gut und böse" hat sie gesagt. Die Grenze liegt bei zehn Jahren. Dann sterben Wölfe. Du bist 14 und stirbst noch immer nicht.


Das Rudel

Vermisst du es? Alpha-Wolf und Alpha-Wölfin, die Hackordnung, die Jagd? Deine Jungen hatten Schlappohren und waren blind, aber nach 10 Tagen öffneten sie die Augen, nach 14 Tagen konnten sie laufen und eine Woche später spielten sie im Höhleneingang. Das Spiel hieß: Wer ist der Alpha-Wolf im Kindergarten. Erinnerst du dich? Besser nicht. Sonst weinst du wirklich. Du bist ein einsamer Wolf. Der letzte deiner Art im Tierpark Friedrichsfelde, weil alle anderen vor dir gestorben sind. Du hast das Rudel überlebt. Und was jetzt? Mit wem kannst du heulen? Wer beantwortet es? Wölfe heulen, wenn sie sich bei der Jagd verloren haben. Wölfe heulen, um einander zu finden. Es gibt aber hier, außer dir, keinen Wolf mehr, der dich finden könnte. Darum heulst du mit den Sirenen von Krankenwagen und Feuerwehr.

## Der Wald

Dein Gehege misst 3000 qm. Es ist auf Wölfe zugeschnitten. Es hat Bäume, Unterholz und eine Höhle hat es auch. Drum herum ist der Wassergraben. Im Grunde sieht es aus wie ein Wald. Man baut Zoo-Tieren gern ihre Heimat nach. Bei dir brauchten sie nicht viel zu tun. Deine Heimat ist unsere Heimat. Und das ist das Problem. Du isst dasselbe wie wir. Rotwild, Rind, Schaf. Also raus aus dem Wald, raus aus den Wiesen, raus aus der Schöpfung. Weißt du, Kunigunde, dass sie deine Artgenossen in Norwegen noch immer jagen? Mit Flugzeugen und Schneemobilen? Nein, woher sollst du es wissen. Aber du ahnst es, oder nicht.

## Der böse Wolf

Ich war also zwei Mal an deinem Gehege. Das erste Mal habe ich dich nicht gesehen. Das zweite Mal schon. Ziemlich nah sogar, zwei Meter, drei Meter, so etwa. Du lagst unter einem Baum und schliefst. Vielleicht hast Du auch nur gedöst, wer weiß das schon bei einer alten Wölfin, die jenseits von gut und böse ist.

Inzwischen kannte ich deinen Namen. Kunigunde, hörst du mich? Ich bin hier, um mich bei dir zu entschuldigen. Andere entschuldigen sich für Hexenverfolgung oder für die Mauer, ich entschuldige mich für die Brüder Grimm. Die Märchenerzähler haben im Schulterschluss mit den Bauern und Hirten dem Wolf das „böse" wie einen Vornamen angehängt. Warum hast du so große Augen? Damit ich dich besser sehen kann. Stimmt. Warum hast du eine so große Nase? Damit ich dich besser riechen kann. Stimmt. Warum hast du ein so großes Maul? Damit ich dich besser fressen kann. Stimmt nicht. Da haben die Brüder Grimm etwas verwechselt. Der Wolf hat nicht Rotkäppchen gefressen. Rotkäppchen fraß den Wolf.

# PEPE, DAS ALPAKA
## Schlimme Strafe für geile Hirten

Die Alpakas sind die Indianer unter den Kamelen. Die Inka domestizierten sie, um endlich nicht mehr zu frieren. Ein einfacher Trick. Man nimmt Tiere, die einigermaßen lange Haare haben, und lässt sie nur noch in Höhen zwischen 3000 und 4000 Metern grasen. Nach ein paar Dutzend Generationen sind ihnen fabelhafte Pullover, Strickjacken, Schals und lange Unterhosen gewachsen. Fast so teuer wie Kaschmir, fast so kuschelig. Als ich Pepe am Kopf kraulte, überkam mich automatisch der Wunsch, einen Handschuh daraus zu machen.

Jeder kann Pepe kraulen, denn er ist handzahm und kommt sofort ans Gatter, wenn freundliche Kinder, Mütter, Rentner und Knackis auf Freigang ihre Hände nach ihm strecken. Bei Hagenbeck geht das, denn er ist ein Streichelzoo. In Berlin (zum Beispiel) geht das nicht. Dort ist zwischen Alpakas und Zoobesuchern ein fünf Meter breiter Graben angelegt. Warum, wird von Tierpflegern etwas widerwillig erklärt. Fünf Meter ist in etwa die Distanz, auf der Alpakas punktgenau ins Gesicht spucken. Ihre einzige Waffe, aber schlimm. Die Spucke des Alpakas verhält sich zur Spucke des Menschen wie Terpentin zu Marmelade. „Ein furchtbarer Gestank", sagt der Tierpfleger. „Eine Woche lang. Egal, ob du dich von morgens bis abends wäschst. Das kriegt keine Seife ab." Sieben Tage stinkfrei! Wie man das verhindern kann? Mit Möhrchen zum Beispiel oder einer Handvoll frischem Gras, und es kommt auch sicherlich nicht verkehrt, wenn man dabei gebetsmühlenartig „lieber Pepe, guter Pepe, schöner Pepe" repetiert. „Kluger Pepe, super Pepe, mutiger Pepe" geht natürlich auch. Aber nicht übertreiben. Es gibt böse Geschichten von Leuten, die mit ihren Gunstbeweisen für Alpakas entschieden zu weit gegangenen sind. Immer wieder kommt es in den abgelegenen Höhen der Anden vor, dass sich einsame Hirten an ihren Alpaka-Weibchen vergehen. Weil das unter Indios als Todsünde gilt, müssen sich die Hirten in regelmäßigen Intervallen einem Test unterziehen. Der geht so: Die Dorfgemeinschaft versammelt sich vor der Herde. Der Hirte muss nach vorne treten. Kommt jetzt eine der Alpaka-Stuten auf ihn zugelaufen, um sich direkt vor ihm umzudrehen und ihm ihr Hinterteil zu präsentieren, ist er überführt. Die Strafe wird vor aller Augen sofort vollzogen. Mit zwei großen Steinen knackt man seine Hoden. Das ist für die Betroffenen natürlich äußerst unangenehm.

# BOKITO, DER GORILLA
## Was hatte er gegen mein Gesicht?

Gorillas werden bis zu zwei Meter groß, bis zu 200 Kilogramm schwer, und ihre Kraft ist legendär. Mit nur zwei Fingern können sie den Arm eines Menschen brechen. Trotzdem gelten sie als friedfertig. Auch einer Gefahr, der sie gewachsen sind, gehen sie lieber aus dem Weg. Ist das feige oder weise?

Zu Feigheit ist wenig Anlass. Selbst Löwen lassen Gorillas in Ruhe, weil es für die Katzen genug Beute gibt, die wesentlich weniger weh tut. Weisheit vermutet man unter Primaten allerdings auch nicht, es sei denn, die Weisheit der Natur. Und dass sie ein bisschen intelligent sind, kann ebenfalls nicht Ursache ihrer Friedfertigkeit sein, weil Intelligenz, so lehrt uns die Geschichte der Menschheit, keineswegs friedfertig macht. Was also macht Gorillas so sanft? Das ist die eine Frage. Und warum hat Bokito soeben versucht, mir seinen Ellbogen ins Gesicht zu rammen? Das ist die andere Frage.

Ohne die gorillasichere Glasscheibe zwischen ihm und mir hätte ich mein Gesicht jetzt nicht mehr. Er hüpfte einfach nur an mir vorbei, und dann hat es wie mit einem Vorschlaghammer gegen das Glas geknallt, in der Höhe meiner Nase, es kann auch in der Höhe meiner Zähne gewesen sein, aber das ist im Grunde egal. Die Wirkung (ohne bruchsichere Scheibe) wäre so oder so fatal. Keine Zähne mehr und weggebrochener Kiefer oder Nase im Gehirn. Was hat Bokito gegen mich? Was habe ich ihm getan? Oder ist die Verträglichkeit der Gorillas nur ein Märchen, das Tierschützer gern erzählen? Viele Fragen, viele Antworten.

Die erste Antwort: Bokito ist neun Jahre alt, dass heißt, er ist in der Pubertät. Die zweite Antwort: Es gibt zwar Gorillaweibchen um ihn herum, aber die sind entweder mit ihm nah verwandt oder zu jung oder uralt. Die dritte Antwort: Normalerweise hält in einer Gorilla-Gruppe ein so genannter Silberrücken pubertierende Halbstarke vom Schlage Bokitos in Schach. Ein voll ausgewachsenes, absolut dominantes Männchen aber fehlt derzeit im Berliner Zoo. Man wartet auf einen Zugang aus Amsterdam und solange man wartet, kann Bokito hier Chef spielen und Leute nerven.

Die vierte Antwort: Affenchefpfleger Opitz erzählte mir, er hätte einmal, in Sumatra, eine Einwilderung von Orang-Utans miterlebt. Unfrei geborene Menschenaffen wurden der Wildnis zurückgegeben. Opitz weiß zwar nicht genau, ob für Gorillas dasselbe wie für Orang-Utans stimmt, nimmt es aber an. Die Einwilderungsexperten im Dschungel rieten ihm dringend, sich jeden Morgen gründlich zu rasieren, weil die Primaten auf Vollbärte aggressiv reagieren. Mein Bart hat Bokito so wütend gemacht. Das hätte ich nicht gedacht.

# BUFFY UND NEMO, DIE KODIAKBÄREN
## Pool mit Vollpension

Von Kodiakbären lernen wir, dass Fisch groß und stark macht. Auch schnell. Auf kurzen Distanzen sind sie flotter als Rennpferde. Wir müssten also umgehend auf die Bäume, wenn zwischen uns und ihnen kein Wassergraben wäre. Ziemlich hoch auf die Bäume, denn Buffy und Nemo sind die größten Landraubtiere der Welt und bringen es aufgerichtet auf knapp vier Meter, außerdem können sie einen Baum schütteln wie wir einen Besen.

Was Kampftechniken angeht, lernen wir von einem Bären nicht so viel, wir haben einfach nicht die Kraft für seinen Stil. Eine Tonne Lebendgewicht umarmt dich und reißt mit seinen zehn Zentimeter langen Klauen deinen Rücken in zwei Hälften. Dass diese Tiere trotzdem zur Vorlage des beliebtesten Kinderspielzeugs der Welt geworden sind, liegt an ihrem extrem gutmütigen Gesichtsausdruck. Solange sie ihr Maul nicht aufreißen, sehen sie aus wie Nachbar Freddys Teddy-Bär. Schwule Teddybären, wird vermutet, weil Buffy und Nemo häufig miteinander schmusen, obwohl sie beide Männchen sind. Es kann aber auch antrainiert sein. Sie kamen vor langer Zeit aus einem Zirkus nach Hagenbeck. Inzwischen dürften sie glückliche Bären sein, denn sie haben ein Revier mit Teich, Felsen und Höhle, erfreuen sich eines – für ihre Verhältnisse (Alaska) – ausgezeichneten Klimas, und jeden Morgen kommt Tierpfleger Napiwocki mit einem Müsli vorbei, bestehend aus Hundefutter, Weizenkleie, rohen Eiern, Lebertran und 'n paar Fischen obendrauf. Mittags kommt er mit Fleisch, Fischen und Rosinenbrot wieder, abends wird Fisch und Obst gereicht. Viel anders stelle ich mir mein Leben als Millionär auch nicht vor. Pool mit Vollpension.

Auch dem wilden Bären geht es nicht schlechter. Die Flüsse Alaskas sind so voll mit ihrem Lieblingsgericht, dass sie nur die Tatze reinhalten müssen, wenn sie hungrig sind. Frische Fische aus den Flüssen, Vitamine von den Büschen und als Dessert zählt alles, was in und um Zelten und Blockhütten zu finden ist. Bärenlogik: Habe ich einen Bissen genommen, gehört alles Essbare in und um die Hütte mir. Diskussionen darüber können nur, siehe oben, aus der Krone eines hohen Baums geführt werden oder mit einem großkalibrigen Gewehr. Kleinkaliber, mit denen man Vögel und Hasen schießt, nützen bei einem Kodiakbären so wenig wie ein beherzt geworfenes Erdbeereis. Walt Disney hatte also Recht damit, den Bären als sorgloses Tier im Dschungel vorzustellen, ein Tier, das tanzend frisst.

Trotzdem gibt's ein Problem. Der Magen. Häufigste Todesursache beim Kodiak (in Alaska wie bei Hagenbeck) ist der Magenkrebs. Ähnlich wie bei den Japanern, die auch zu gerne Fisch essen. Und die Lektion daraus ist: Eine Achillesferse hat jedes Glück.

# LEIPO, DER OTTER

„Wieder biss mir einer in die Waden",
hört man den Indianer klagen

Leipo, Zwergotter, Vater von acht Kindern, fischaktiv, schwimmt wie ein Gott, viele sagen, besser noch als sein Beutetier, und wer schneller als Fische schwimmen kann, hat's im Wasser wirklich drauf. Seine Augen sehen klar und weit, während ein muskulöser Schwanz ihn voranpeitscht, er hat nadelspitze Zähne und er ist klug. Wie jeder Räuber. Kluge Räuber sind vorsichtige Räuber. Sie scheuen das Risiko, weil Risiko Verletzungen bringt, und wer verletzt ist, kann nicht mehr jagen, und wer nicht mehr jagen kann, stirbt.

Otter können Schlussfolgerungen ziehen. Otter erkennen Menschen wieder. An ihren Bewegungsabläufen und an der Farbe ihrer Kleidung. Alles was Grün trägt, ist Freund, weil Pfleger, alles was Bunt, Weiß, Schwarz oder Schwarz-Weiß trägt, ist Zoobesucher, und die können ihnen nichts. Und sollte doch einmal ein Irrer in ihr Becken springen, wird er feststellen, wie beherzt eine zwölfköpfige Zwergotter-Großfamilie in seine Waden beißt. „Und so 'nen Tier putzt sich nicht die Zähne", sagt Tierpfleger Wolf. Was er meint: Leipos Biss tut nicht nur höllisch weh, sondern überträgt auch das eine oder andere. Also Waden weg vom Pool der wilden Otter in Hagenbeck.

Leipo schwimmt derweil eine Runde im Pool, kommt wieder raus und aalt sich über einen Stein, als ob er kein Rückgrat hätte. Fast aufrecht steht er dabei und sieht jetzt aus wie die putzigen Außerirdischen in Spielberg-Filmen. Oder wie Lucky, der Mausbiber aus Perry Rhodan, oder wie Leipo aus dem Zoo. Ein Tiermillionär, ein Freizeitotter, und weil ich der Ottersprache nicht mächtig bin, versuche ich, telepathischen Kontakt mit Leipo aufzunehmen, denn ich würde gern mit ihm auf

diese Art zum Thema Indianer konferenzieren. Genauer: indianisches Horoskop. Zwölf Monate, zwölf Tiere. Der Ottermensch entspricht dem Wassermann. Sind wir seelenverwandt?

Leipo, Vater von acht Kindern, fischaktiv, sah mich neugierig an. Das heißt aber nicht, dass er mich verstand. „Ein Otter, der nicht ohne Ende neugierig ist", sagt Tierpfleger Wolf, „ist kein Otter, sondern ein nasser Teddybär."

# ANTJE, DAS WALROSS
## Im Gedenken an eine Verstorbene

Stellen wir uns mal Folgendes vor: Ein leidenschaftlicher Taucher wird Millionär und beschließt, den Rest seines Lebens so oft im Wasser zu verbringen wie es geht. Also jeden Tag. Seine Kinder sind ganz ähnlich drauf. Deren Kinder auch. Alles Millionäre und ständig im Wasser. Über Generationen und Generationen und Generationen. Nach ein paar Millionen Jahren werden die Nachkommen dieser Familie kein Becken mehr haben und Flossen statt Hände. Blödsinn? Nee, Evolution. Dem Walross ist dasselbe passiert. In den Urzeiten dieser Erde war es ein Bär. Warum er beschloss, ins Wasser zu gehen? Ich bin nicht das Orakel von Delphi. Ich kann nur Vermutungen anstellen. Vielleicht, weil man im Wasser eher schwerelos ist.

Antje wiegt 750 Kilogramm. Das meiste davon ist Fett. Bei Hagenbeck braucht sie das eigentlich nicht, denn sie ist fern der Heimat (Packeis der Arktis) und fühlt sich im Hamburger Wasser und Wetter wie unsereins in der Karibik. Sie braucht keine halbe Tonne Fett gegen die Kälte, darum setzt Tierpfleger Dirk Stutzki sie auf eine Diät. Nur 20 Kilo Futter pro Tag. Am liebsten mag sie Tintenfisch, aber ein Tintenfisch kostet neun Euro, und täglich 20 Kilo davon kann der Tierpark nicht bezahlen. Also gibt's Tintenfisch plus einen nahrhaften Brei, im Verhältnis eins zu drei, und wer das ändern will, kann bei Hagenbeck nach einer Tierpatenschaft nachfragen. Dann gibt's für Antje nur noch Tintenfisch, dann wird Norddeutschlands berühmtestes Walross (NDR-Maskottchen) endgültig zum Sushi-Freak.

Die Fütterung, jeden Tag gegen 14.30 Uhr, ist in der Tat lustig. Tierpfleger Stutzki füttert Antje mit der Hand wie auch die anderen im

Becken, die Seehunde und Mähnenrobben, und einer der Seehunde springt Antje auf den Rücken und versucht, ihr von oben die Tintenfische zu klauen, die Stutzki in einem Eimer trägt. Jeden Tag dasselbe Spiel. Zoologen nennen das Vergesellschaftung: 1 Walross, 1 Seehund, 5 Robben, in einem 1600-Kubikmeter-Wasserbecken, eingerahmt von 1 Felsenimitation, die so gelungen ist, dass sie unter Denkmalschutz steht. Antjes Welt, in der sie seit 27 Jahren lebt.

Weil aber Antje genau genommen 27 ½ Jahre alt ist, fragt man sich: Woher ist sie gekommen? Aus Nowaja Semlja? Aus Spitzbergen? Aus Bear Island? Oder ist sie mit ihrer Mutter durch die Beringstraße nordwärts in die Tschuktschen-See gezogen? Auf keinen Fall. Wildfang ist seit langem verboten. Ihre Mutter lebte in Kremlnähe. Antje ist im Zoo von Moskau geboren. Was uns das sagt? Es ist immer eine Russin mehr in der Stadt als man denkt.

# MABARRE, DER LÖWE
## König der Kiffer

Er könnte der König der Kiffer sein. Er schläft 22 Stunden pro Tag und wenn er nicht schläft, dann döst er und wenn er nicht döst, dann liegt er rum. Hat er Hunger, schickt er die Weibchen los. Sie müssen jagen und die Beute schlagen, aber Er frisst sie als Erster. Dafür obliegt ihm die Aufgabe, seine Frauen zu beschützen, was er aber auch nicht immer macht. Das Einzige, was der männliche Löwe drauf hat, ist die Damen zu decken. Und warum machen die Damen das mit?

Erstens, weil es die Natur so will. Zweitens, weil er stärker ist, und drittens sieht er verdammt gut aus. Seine Frisur ist ein Hammer. Die schönsten Löwen gibt's übrigens im Zoo. In der freien Wildbahn ruinieren Dornen, Gestrüpp und Vitaminmangel die Mähne des Mannes. In Hagenbeck nicht. Mabarre, fünfeinhalb Jahre, hat lange Haare. Motcha, sechs, und Branca, zehn, haben kurze. Ansonsten gibt's nicht viel zu berichten. Ich habe einige Stunden am Gehege dieses nicht ganz so flotten Dreiers verbracht, und hin und wieder haben sie gegähnt, und ich konnte ihre gewaltigen Reißzähne sehen. Aber der Mensch hat Phantasie. Carl Hagenbeck persönlich hat die Löwenschlucht entworfen. Das Felsenrund, im Spiel von Licht und Schatten, sieht echt aus und kitzelt die Vorstellungskraft.

Was würde passieren, wenn dies Afrika wäre, und ich käme hier um die Ecke? Ohne Gewehr? Nicht viel, das ist gewiss. Löwen töten mit nur einem Prankenschlag Zebra, Warzenschwein, Gazelle und Tourist. Damit brechen sie entweder Rückgrat oder Genick. Für unnötige Grausamkeiten fehlt ihnen die sportliche Einstellung. Jesus Christus, was für ein Glück! Denn in Dressuren errechnete und erprobte Carl Hagenbeck, der legendäre Gründer des Tierparks, wie gut ein Löwe im Weitsprung ist. Und baute daraufhin das weltweit erste Löwengehege ohne Gatter und Gitter. Nur ein sieben Meter (!) breiter Wassergraben trennt hier Bestie und Schokoladeneis schleckendes Menschenkind wie auch Bestie und Journalist (Mandel-Magnum).

Das Gruseln stellte sich erst ein, als ich wieder zu Hause war und in einer Fachlektüre nach dem Rechten sah. Ich las: Der Löwe ist mitnichten der König der Tiere. Der Amur-Tiger, der nahe der chinesischen Grenze in Ostsibirien durch die Wälder streift, ist viel königlicher als er. Stärker, größer, schneller. Wenn, was im Zirkus manchmal vorkommt, Tiger und Löwe aneinander geraten, zieht der Löwe immer den Kürzeren. Egal: Ein Löwe springt immerhin noch bis zu 3,50 Meter hoch und bis zu zehn Meter (!) weit. Dafür braucht er allerdings Anlauf, den es bei Hagenbeck nicht gibt, und die Zementkante auf seiner Seite des Wassergrabens bietet ihm keine gute Absprungstelle. Trotzdem erlaubte ich mir tags darauf im Zoo die Frage, ob es schon mal einer aus dem Stand über den Graben geschafft hätte. Antwort der Pfleger: „Bisher noch nicht."

## SERAFE, DIE GIRAFFE
Sie hinterlässt auch bei robusteren
Katzen bleibende Schäden

Neulich bei Hagenbeck. Ein Häschen und eine Giraffe unterhalten sich. Sagt die Giraffe: „Häschen, Du weißt ja nicht, wie schön es ist, einen so langen Hals zu haben. Wenn ich eines von diesen leckeren Blättern esse, dann wandert es ganz langsam den Hals hinunter. So kann ich jede Köstlichkeit länger genießen als alle anderen Tiere." Das Häschen sieht die Giraffe ausdruckslos an. Die macht weiter: „Häschen, und wie wunderbar ist es zu trinken. Dieses kühle Wasser, das so lange meinen Hals hinunterrinnt. Du machst Dir einfach keine Vorstellungen davon. Nein, wirklich, einfach Klasse, so ein langer Hals." Das Häschen darauf eiskalt:

„Und, schon mal gekotzt?"

Was sagt uns das? Eigentlich nur, dass das Häschen keine Ahnung hat. Die Giraffe kotzt Tag für Tag. Nur nennt man das bei ihr nicht so. Wiederkäuen ist das richtige Wort, aber was wiedergekäut werden will, muss erst mal zu den Kauwerkzeugen wieder rauf. Runde 1,60 Meter in ihrem Fall. Alles hat seinen Preis, auch die Konkurrenzlosigkeit in sechs Metern Höhe. Auf diesem Niveau kaut die Giraffe allein und sie hat sich 25 Millionen Jahre für diese Marktlücke gestreckt. Stichwort: Evolution.

Gehen wir mal davon aus, dass die Giraffe in früher Vorzeit auch nicht viel größer war als die Ziege. Was unterschied dann diese beiden Existenzformen? Wahrscheinlich der gute Geschmack. Die Giraffe verabscheut Disteln. Aber liebt die Blätter der Akazien. Die sind weit oben. Problem: Weit unten ist dann das Wasserloch. Um zu trinken muss sie mit ihren Vorderbeinen fast einen Spagat vollziehen. Das ist der einzige

Moment, in dem die Giraffe für Löwen interessant wird. Nur dann greifen sie an. Ansonsten hat das größte Raubtier der afrikanischen Savanne gegen die Giraffe keine Chance, denn ihre zwei Meter langen, muskelbepackten Beine mit den bratpfannengroßen Hufen hinterlassen selbst bei robusteren Katzen bleibende Schäden.

Wer sie allerdings nicht zum Fressen gern hat, dem bereitet die Giraffe nur Freude. Wird doch ihr Name im Arabischen als „die Nette, die Liebliche" gedeutet. Unter ihren langen schattigen Wimpern glänzt Sanftmut. Weiche, suppentellergroße Lippen wölben sich unter zarten Nüstern, flaumüberzogene Marsmännchenhörner krönen ihr Haupt. Und ihr Körper? Eine Giraffe im Galopp (Spitze: 50 km/h) ist wie......, ist wie......, ist, verdammt noch mal, wie...... Es gibt nichts, womit sich diese Eleganz vergleichen lässt. Noch Fragen? Drei. Erstens: Wie gebiert die Giraffe? Antwort: Im Stehen. Das Kind fällt aus zwei Meter Höhe in diese Welt. Zweitens. Wie schläft die Giraffe? Antwort: Im Stehen. Obwohl das eigentlich ein Dösen ist. Im Tiefschlaf verbringt sie nicht länger als 20 Minuten pro Tag. Drittens: Auf diese Frage stieß ich im Internet. Eine Frau namens Conny wollte wissen, welche Giraffe mehr wiegt: Eine, die auf den Beinen, oder eine, die auf dem Kopf steht? Antwort (von Conny): „Der Schwerpunkt der kopfstehenden Giraffe ist weiter entfernt von der Erdoberfläche, die Schwerkraft ist damit geringer, und die Giraffe wird leichter."

# KNAUTSCHKE, DAS FLUSSPFERD Gott sei Dank gibt es die Anti-Flusspferd-Pille

Wer sie noch immer Nilpferde nennt, war schon länger nicht mehr in Ägypten. Am Nil gibt es sie seit Jahrhunderten definitiv nicht mehr, außer (vielleicht) im Zoo von Kairo, und die würden die Farbe wechseln (Neidgelb), wenn sie wüssten, wie gut ihre Kollegen in Berlin leben.

Die Flusspferde der Hauptstadt haben eines der schönsten Becken der Welt, was sag ich – Becken?! Es ist eine kleine Flusslandschaft, begrünt wie daheim in Äquatornähe und mit einer Glaskuppel als Himmel, denn das hält die Temperaturen, die sie lieben. Im Berliner Flusspferd-Haus ist deshalb ganzjährig Zentral-Afrika, also bestes Wetter, um sich zu vermehren.

Und das ist das Problem. Das Problem hat einen Namen. „Knautschke". Er lebt nicht mehr, aber er ist Legende, denn er hat als einziges Großtier die Bombardierung Berlins überstanden, was ihn zu einem Symbol für den Durchhaltewillen der Stadt werden ließ, und danach hat er es sich nur noch gut gehen lassen. „Knautschke" hat über 20 Kinder gezeugt und weil Flusspferde kein Gen gegen Inzucht haben, konnten die Dinge schon mal aus dem Ruder laufen.

Pfleger Uwe Fritzmann: „Bulette ist die Tochter von Knautschke. Bulette und Knautschke haben Nante gemacht. Nante und Bulette haben Polly gezeugt und dann hat Nante noch mal Polly gedeckt und was da dann rauskam, war'n Flusspferd für den Mülleimer."

Inzwischen haben sie das im Griff. Als Polly mit einem Neuzugang ein Kind machte, war genetisch wieder so ziemlich alles klar. Außerdem bekommen die Flusspferde jetzt die Pille, Tabletten so groß wie Pfannkuchen. Das heißt, die Tiere haben ein Maximum an Vergnügen bei einem Maximum an Bewegungsfreiheit, denn sie sind nur zu viert. Und keines ist meschugge.

Deshalb aufgepasst. Ein gesundes Flusspferd ist 4,5 Meter lang und wiegt 3000 Kilo, also so viel wie drei Schulklassen (100 Kinder), zudem ist von Flusspferden bekannt, dass sie ein unfreundliches Wesen haben. Sie sind die gefährlichsten Tiere Afrikas, weit gefährlicher als Löwen, Nashörner, Elefanten und Warzenschweine, weil sie noch dazu über große Entfernungen unsichtbar sind.

Pfleger Uwe Fritzmann: „Die Touristen sitzen im Schlauchboot und filmen eine Flusspferdgruppe aus 100 Meter Entfernung, und was sie nicht wissen, ist, dass so'n U-Boot schon unter ihnen ist." Und dann? Was passiert dann? Pfleger Fritzmann hat auch darauf Antworten. „Na ja, die fressen einen ja nicht. Die machen einen nur'n bisschen kaputt und 'nen bisschen flussabwärts übernehmen die Krokodile. Aber das merkt man dann nicht mehr."

Jenseits von Afrika sorgt selbstverständlich eine U-Boot-sichere Glasscheibe zwischen Mensch und Flusspferd für maximales Gruseln bei maximaler Sicherheit, denn so kann man sie beobachten – (unter Wasser) als große Schatten und (über Wasser) als große Mäuler, die sie mitsamt ihren riesigen Eckzähnen (Elfenbein) gern in einem Winkel von 150 Grad (!) für uns aufklappen. Danke, Zoo. Nie werde ich eine Schlauchbootfahrt in Zentral-Afrika mitmachen.

# KÄNGURU
## Hochsprung-Kuh

In diesem Kapitel sei mir erlaubt, etwas Persönliches vorzutragen. Alle hier vorgestellten Zootiere traf ich irgendwann in meinem Leben auch mal außerhalb des Zoos, nur das Känguru traf ich nie in Freiheit, und so Gott will, werde ich es auch in Zukunft dort nicht sehen. Warum? Mir gefällt seine Heimat nicht. Das ist selbstverständlich unfair, denn ich war noch nie in Australien. Aber ich kenne Australier, und alle, denen ich begegnet bin, waren zu laut, tranken zu viel Bier und schätzten Schlägereien. Ich habe auch noch nie einen guten australischen Film gesehen oder ein gutes australisches Buch gelesen, und an Musik kam mir außer den Bee Gees nichts zu Ohren. Darüber hinaus wimmelt es an Australiens Küsten von weißen Haien und anderen gefährlichen Fischen. Klar, das Känguru gehört nicht dazu. Es ist so gefährlich wie eine Hochsprung-Kuh oder wie ein zu groß geratener Osterhase, aber nur, um das vor Ort zu sehen, werde ich weiß Gott nicht 22 Stunden im Flieger sitzen, nichtrauchend noch dazu.

In den Zoo kommt man schneller. Und man kommt auch schneller wieder weg. Ich lief also 26 Tage durch Deutschlands Zoos, und jedes Mal nahm ich mir vor: Heute gehst du zu den Kängurus. Und jeden Tag habe ich es getan, und es war jeden Tag dasselbe. Kaum sehe ich sie, gehe ich weiter. Ganz automatisch, wie ein Reflex. Auch was ich von Dritten hörte (Tierpfleger) reizte mich nicht. Dass sie bis zu zwei Meter hoch und bis zu acht Meter weit springen, zum Beispiel. So what? Was sportliche Disziplinen angeht, sehe ich gerne Sprintern, Thaiboxern und Geräteturnerinnen zu. Weitsprung interessiert mich genauso wenig wie das Känguru.

Um ehrlich zu sein, schreibe ich nur aus einem Grund über das bekannteste Tier des fünften Kontinents. Ich hörte einen Witz.

Neulich im Zoo. Ein Känguru hüpft einen ganzen Vormittag wie bescheuert kreuz und quer über die Wiese. Als es endlich mal stehen bleibt, wundert es sich, denn in seinem Beutel rumpelt es ganz fürchterlich. Ein kleiner Pinguin springt heraus. Er reihert zum Gottserbarmen. Zur gleichen Zeit steht ein junges Känguru im eiskalten Wasser von Hagenbecks Pinguinbecken. Es zittert am ganzen Körper und schimpft: „Scheiß Schüleraustausch."

# WALLHALLA, DAS WARZENSCHWEIN
## Rächer aller Räucherschinken

Das Warzenschwein tat am Vatertag, was auch der Vater mag. Im Schlamm suhlen. Trinken. Hässlich sein. Armes Schwein. Was hat es getan? Warum diese vier furchtbaren Warzen? Zwei im Augenbereich, zwei am Unterkiefer. Unnütz wie ein Blinddarm. Die Eckzähne, nicht weniger unästhetisch, haben dagegen durchaus eine Funktion. In der offenen Savanne, in der es wenige Bäume und Büsche gibt, werden Safari-Touristen relativ selten von Löwen getötet. Relativ oft aber vom Warzenschwein. Weil sie es unterschätzen. Weil sie es für so harmlos halten wie die Sau daheim. 1,5 Meter lang, 140 Kilo schwer, 55 km/h. Es bewegt sich nach dem Prinzip Kanonenkugel, stur geradeaus, und wenn es dich hat, schlägt es seine 60 Zentimeter langen Eckzähne ein paar Mal von unten nach oben. Und das war's. Die drei bei Hagenbeck sind da nicht anders. Darum kommen Sie ihnen nicht zu nah. Selbst die Tierpfleger betreten kaum ihr Gehege. Kameras überwachen ihre Ställe, und weil die Schweine groß im Buddeln sind, hat Hagenbeck die Gatter einen halben Meter unter Erde noch mal eigens abgesichert.

Warzenschweine sind die Rächer aller Räucherschinken, untereinander dagegen sind sie gesellig und hilfsbereit. Gegenseitige Hautpflege nach dem Schlammbad ist Usus beim Warzenschwein. Außerdem: Es ist hässlich, aber intelligent. Es lernt sehr schnell. Auch von anderen Tieren. Warzenschwein-Frischlinge, von der Mutter getrennt und auf Farmen aufgezogen, lernten von den dort ansässigen Katzen, wie man Buckel macht. Und sich am Ohr kratzt. Mit dem Hinterlauf.

Und was können wir von diesem Tier mit nach Hause nehmen, wenn die Glocke zum Verlassen des Tierparks gemahnt? Was lehrt uns das

Warzenschwein? Nicht traurig sein. Auch wenn wir glauben, hässlicher als die Nacht zu sein, da draußen gibt es noch immer etwas, das hässlicher ist als wir. Selbst der Glöckner von Notre Dame ist ein EXTREM schöner Mann, verglichen mit diesem Tier.

# ORANG-UTAN
## Prof. Dr. Dipl.-Ing. Langfinger

Wir sitzen im Affenhaus auf der Bank und rauchen eine Zigarette mit der Tierpflegerin. Es ist 9.15 Uhr, ein Orang-Utan gähnt, einer döst in der Hängematte, ein anderer hängt am Seil (statt Liana), elf insgesamt. Ein paar Große, ein paar Kleine, ein Halbstarker. Der Halbstarke beobachtet mich. Zwischen uns sind orangutansichere Glasscheiben, ein Gitter und fünf Meter. „Müssen wir noch irgendetwas wissen, bevor wir zu ihnen reingehen?", frage ich die Pflegerin. „Nein", sagt sie. „Einfach nur ruhig verhalten."

Meine Taschen hatte ich bereits ausgeleert und auch das Amulett vom Hals genommen. Armbanduhr, Gürtelschnalle, Schnürbänder, alles was die Orangs mir klauen könnten, lag neben mir. Und was mache ich mit dem Hörgerät? Ich nahm es heraus, besann mich und steckte es ins Ohr zurück. Ins rechte. Der Halbstarke beobachtete mich.

Er war dann der Erste, der bei mir war, als wir den Käfig betraten und als Erstes griff er mir ans rechte Ohr. Er schaffte aber nicht, das Hörgerät abzupflücken, ich glaube, ich kam ihm um zwei bis drei Zehntelsekunden zuvor. Und, klatsch, hatte ich seine Zunge im Hörkanal. Wie fühlt sich eine Orang-Utan-Zunge an? Im Ohr? Nicht unangenehm. Wie ein nasses Leder, wie ein Tuch, mit dem man Windschutzscheiben schrubbt.

Die Pflegerin wollte dem Einhalt gebieten, aber der halbstarke Menschenaffe war nicht von mir wegzukriegen. Aggression oder Spielerei? Aggression. Die Pflegerin sperrte ihn in den Nachbarkäfig, die Großen gleich mit, und wir waren mit den Kleineren allein. Fünf und sieben Jahre alt und sie mochten mich. Einer umklammerte meine Beine,

einer meine Brust. In Windeseile filzten sie meine Taschen, in denen sie nichts fanden, und als der Orang, der an meinen Beinen hing, mitbekam, dass ich sogar die Schnürsenkel abgelegt hatte, begann er mit den Fäusten auf meine Schuhe zu schlagen. Nicht böse, nicht so, dass es wehtat, eher rhythmisch, musikalisch. Ich weiß auch nicht, warum er das machte. Der andere küsste mich. Nein, stimmt nicht, es war kein Kuss. Er wollte Nahrung mit mir teilen.

Was ich von den Orangs lernte? Schwer zu sagen. Auch für die Tierpflegerin. Dass sie so direkt sind. Dass sie so rangehen. Dass sie keine Distanz akzeptieren, wenn sie jemanden kennen lernen wollen. Dass sie jedes Gefühl sofort mit den Muskeln umsetzen. Dass ihre Augen Brunnen der Neugierde sind. Sie sind die menschenähnlichsten Großaffen überhaupt. 98 Prozent ihrer Gene sind mit unseren identisch, sie haben dieselbe Anzahl von Rippen und Wirbeln und fast das gleiche Blut. Sie werden im gleichen Alter geschlechtsreif, und auch sie tragen neun Monate aus. Von allen Tieren auf diesem Planeten stehen sie uns am nächsten, und ich denke, das ist es, was die Faszination ausmacht. Wir erkennen uns. Wir erkennen den Menschen im Affen, sie erkennen den Affen im Menschen.

Die halbe Stunde mit Hagenbecks Orang-Utans hat mich ein bisschen nachdenklich gemacht. Und ein bisschen nackt. Sie haben mir die Hose bis zu den Knien heruntergezogen, die lieben Kleinen, und mein Hemd total entknöpft. Das war ein aufregender Morgen bei Hagenbeck.

## SCHLAMPERL, DAS NASHORN

Wo man gern auf die Toilette geht, ist man zu Haus

Beim Breitmaul-Nashorn Schlamperl bin ich mehr oder weniger gezwungen, mit einer persönlichen Geschichte zu beginnen. Es existiert ein Schwarzweiß-Foto aus dem Jahr 1965, das mich und meinen Vater zeigt, als wir an Schlamperls Gatter standen. Das Breitmaul-Nashorn war damals vier Jahre alt und wild gefangen. Es lief beständig im Kreis. 36 Jahre später sehen wir uns wieder. Es läuft noch immer im Kreis, aber der Radius ist kleiner geworden.

Für Nashorn-Verhältnisse ist das Tier ein Greis. Damit es die Orientierung nicht verliert, hat das uralte Breitmaul die Mitte des Kreises mit vier Doppelhaufen seines Dungs markiert, jeder kindskopfgroß. Traurig? Ich denke, uns geht es ebenso. Dort, wo man gern auf die Toilette geht, ist man zu Haus. Der Tierpfleger, Herr Wiedemann, klärt mich zudem darüber auf, dass „Schlamperl" in seiner südafrikanischen Heimat auch nicht wesentlich mehr Platz hätte als im Zoo. „Die Bewegungsfreiheit in der Wildnis ist ein Mythos."

Wahr sei, dass Breitmaul-Nashörner auch in Gottes freier Natur nur ein begrenztes Revier begrasen. Wenn sie es verlassen, kommt ein anderes Tier, um Stress zu machen. Das Spitzmaul-Nashorn, zum Beispiel. Kleiner, leichter, aber ungemein aggressiver.

Oder es kommt der Elefant. Ewiges Reizthema Elefant! Das einzige Landsäugetier, das größer und stärker ist als die Drei-Tonner von Schlamperls Art und noch dazu viel beliebter. Angenommen, der Zoo müsste entweder auf seine Nashörner oder auf seine Elefanten verzichten und würde eine Meinungsumfrage unter den Besuchern machen. Wen würden Sie rauswerfen und wen würden Sie drin lassen? Schlamperl hätte keine Chance. Dabei ist jedes Tier ein Wunder. Breitmaul-Nashörner fressen ausschließlich Gras. Wie schaffen sie es, Gras in 3000 Kilogramm Muskeln, Sehnen, Knochen und Hornplatten umzusetzen? Welche biochemischen Prozesse geben dem Gras diese Macht? Und was hat Gott sich dabei gedacht? Vielleicht dies: Würden den wirklich starken Tieren andere Tiere schmecken, gäbe es bald keine anderen Tiere mehr. Trotz seines kolossalen Gewichts ist das Breitmaul-Nashorn ganz ungemein beweglich. Es schafft im Spurt bis zu 50 Stundenkilometer (das bedeutet 100 Meter in 7,2 Sekunden, also 2,5 Sekunden unter dem jetzigen Weltrekord) und zieht dabei mit Leichtigkeit die engsten Kurven. Und was es unter die Füße bekommt, kein Thema, macht es platt.

Aber Schlamperl ist anders. Er kann von Glück sagen, dass er sich überhaupt noch auf den Beinen hält. Der Greis ist bereits einige Male in den Besuchergraben gekippt. Drei Tonnen hilflos strampelndes Lebendgewicht kriegt man nicht – mal so eben – wieder auf die Füße. Das sind Aktionen, die Bauarbeiten gleichen. Darum haben sie Schlamperl in das hintere Gatter gebracht. Das hat auch einen Graben. Aber in den fällt Schlamperl nicht. Niemand weiß warum.

Ein Tipp von Herrn Wiedemann. Der Tierpfleger möchte darauf aufmerksam machen, dass Schlamperl ein geselliges Nashorn sei, das Kinder mag und sich gern streicheln lässt. Selbstverständlich nur in Begleitung autorisierter Personen. Ein Breitmaul-Nashorn streichelt man so: Man schlägt es. Was wir streicheln nennen, spürt es leider nicht. Wichtig: Mit der flachen Hand schlagen. Auch nicht unwichtig: Die Hand sollte dabei nie zwischen dem Tier und einem der Gitter sein. So sehr Schlamperl es liebt, gestreichelt zu werden, es braucht nur eine winzige Bewegung seinerseits in Richtung Gitter – und die Hand, die dann dazwischen ist, möge niemals meine sein.

# ENZO, DER SEELÖWE
## Sein Pech: Er hat eine Lesbe im Becken

„Es gibt intensive Beziehungen, oberflächliche Beziehungen und es gibt auch Ablehnung", sagt Tierpfleger Dieter Petersen. Und Ablehnung tut weh, denn der Seelöwe hat seinen Namen nicht bekommen, weil er schöne lange Haare hätte oder einen Schwanz. Das Einzige, was bei dieser Robbe an einen Löwen erinnert, sind die Zähne. Sie sind zum Festhalten gemacht. Enzo hatte also keinen Bock auf den Pfleger, generell nicht, er witterte in ihm zu viel Mann.

Seelöwen haben in der Regel bis zu 20 Weibchen und greifen jeden anderen männlichen Seelöwen in und um ihre Bucht sofort an. Sie patrouillieren vor dem Küstenstreifen, um Rivalen auszuspähen, sie sind so eifersüchtig wie schnell. Seelöwen greifen mit der Geschwindigkeit eines Wasserscooters an, und Enzo erwischte Dieter Peterson in der Kniekehle. Wie gesagt, das tat weh.

Um die Geschwindigkeit zu erahnen – ein bisschen von ihr kann man bei den Fütterungen sehen. Dieter Peterson legt sie als Shows an. Jeder Seelöwe hat seine Position. Im Becken oder auf den Krabbelflächen vor der Höhle. Dann fliegen die Fische. Die toten, denn Lebendfutter ist im Zoo verboten, und die jungen Robben sind so weit wie möglich vom Haremsboss entfernt platziert, damit sie wenigstens den Hauch einer Chance haben. Dieter Peterson wirft präzise, also direkt vors Maul, und es sind rund zehn Meter, die Enzo von den Jungen trennen, aber er hat ihnen jeden Fisch abgenommen, was heißt, ich habe eben untertrieben. Sie bewegen sich nicht mit der Geschwindigkeit eines Wasserscooters durch das Becken, sondern mit der eines Torpedos. Und wenn es nicht darum geht, den Schwächsten die Fische wegzuschnappen, dann

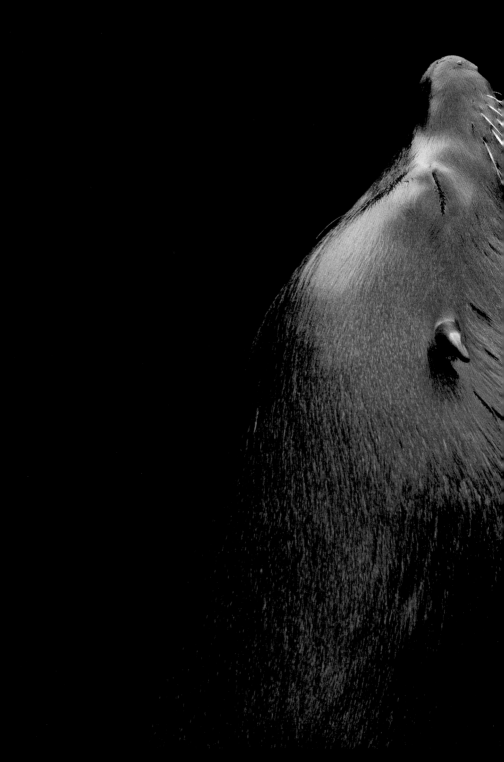

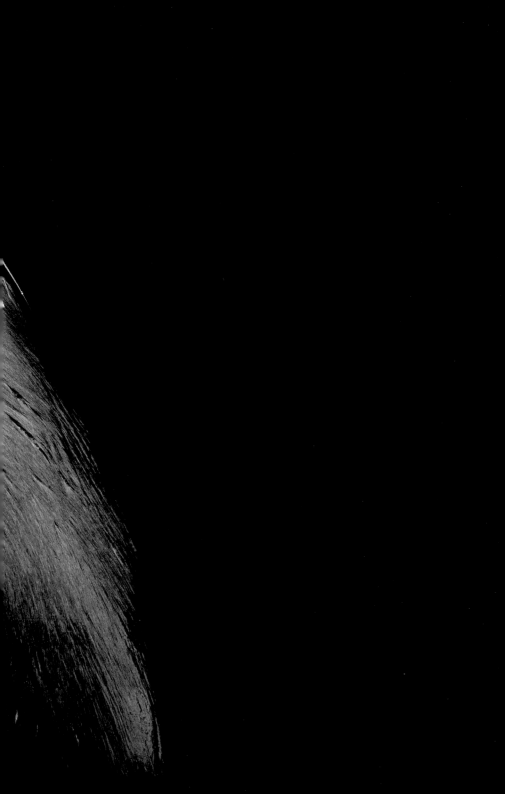

machen sie das gern auch auf dem Rücken oder sie drehen sich ständig oder sie lassen ihre Köpfe so weit aus dem Wasser ragen, dass es aussieht wie ein Speed-Boot mit Galionsfigur. Und das in Formation. Und synchron. Wer so schön schwimmt, kann ruhig ein paar Charakterschwächen haben wie Eifersucht und Futterneid, die Damen lieben ihn trotzdem.

    Bis auf eine. Sie heißt Lady. Tierpfleger Dieter Peterson hat nicht gesagt, Lady sei lesbisch. Er sagte nur, sie mag keine Männer. Sie lässt seit 21 Jahren keinen männlichen Seelöwen an sich heran. Sie hat keine Kinder. Sie macht da nicht mit. Dafür pariert sie bei dem Pfleger aufs Wort, auf Fingerzeig, sogar auf Augenzwinkern. Lady ist bei den Fütterungen immer direkt vor ihm platziert. Sie macht Handstand – äh – Flossenstand, auch einflossig, wenn der Pfleger es will. Es ist halt ein Unterschied, ob man Damen Fische gibt oder Damen Fische wegnimmt, und zu den jungen Seelöwen ist zu sagen: Sie werden natürlich später nachgefüttert. Der Zoo ist nicht so hart wie Mutter Natur.

# HUSSEIN, DER ELEFANT
## Besoffen ist er sehr gefährlich

Bei Hussein gehen pro Tag 150 Kilo vorne rein und so viele kommen hinten auch wieder raus, und weil das alles 'n bisschen größer als beim Meerschweinchen ist, haben die Elefantenpfleger tagein, tagaus damit zu tun, das Zeug wegzuschleppen, denn der Elefantenbulle Hussein nennt elf Kühe sein Eigen, und da rechnen sich 150 Kilo Scheiße schnell mal zwölf.

Er rüsselt gern nach Gemüse und altem Brot, am liebsten nach Spaghetti (ungekocht) und natürlich nach jeder Art Schokolade, doch Elefantenchefpfleger Huß bittet die Besucher des Zoos inständig darum, ihm keine zu geben, denn Ritter-Vollmilch-Nuss ist ausschließlich dafür da, den Elefantenbullen zu bewegen, wenn er sich nicht bewegen mag. Weil's 'ne Spritze gibt oder Medizin. Noch viele Meilen weiter würde Hussein allerdings für ein kühles Bier gehen. Aber das kriegt er von niemandem hier, denn Elefanten fehlt das Enzym gegen den Durst. Sie würden auf der Stelle zu Alkoholikern. Kein Witz.

Besoffene Elefanten gelten in Indien als Landplage. In einigen Gegenden des Subkontinents wird zu Erntefestlichkeiten Alkohol in großen Fässern gebraut, und immer wieder kommen wilde Elefanten vorbei, um ihre Rüssel reinzuhängen. Danach trampeln sie alles platt, was am Wegesrand steht. Hütten, Autos, Inder. Also kein Alkohol. Nicht mal eine Kirschpraline, denn die Ketten, die man in Hagenbeck hat, sind nur für nüchterne Elefanten gedacht. Elefantenchef Huß: „Ich weiß, was ich kann. Er weiß nicht, was er kann. Wenn er wüsste, wie stark er ist, würde er sich über die Ketten schlapplachen."

Die Inder, die gerne alles genau andersherum sehen als wir, haben aus diesen Fähigkeiten einen Gott gemacht. Ganesha, der Gott mit dem Elefantenkopf, ist der „Überwinder aller Schwierigkeiten". Aber nicht erschrecken, liebe Eltern, liebe Kinder, den Graben, der Hussein und seine Kühe von den Zoobesuchern trennt, den überwindet er nicht. Denn der Weitsprung ist nicht des Elefanten klassische Disziplin, genauso wenig wie free-climbing. Fällt Hussein in den Graben, fressen ihn die Raben, es sei denn, ein Kran holt ihn wieder raus. Was er dagegen super gut kann, ist Baumstämme schleppen oder andere Gewichte ab 200 Kilo aufwärts. Hussein würde ein Lied davon singen, könnte er singen, denn damals, bevor er nach Hagenbeck kam, hat er sich in den Dschungel überwachsenen Bergketten Südindiens als Arbeitselefant Verdienste erworben.

Heute macht er solche Sachen nur noch aus Fitness-Gründen, denn ansonsten gibt's für ihn im Zoo nicht viel zu tun. Er genießt das typische Leben eines Elefantenmillionärs. Saufen, fressen, Kühe schwängern. Acht Mal ist Hussein bereits Vater geworden. Obwohl er erst 25 ist. Ein Alter übrigens, in dem ein Elefantenbulle weder duftet noch stinkt. Während im Kot von Jungbullen Stoffe sind, die auch im Honig und den Absonderungen von Bienen vorkommen, scheiden alte Elefanten ähnliche Stink-Sekrete aus wie Borkenkäfer. Nur halt, siehe oben, ein paar hundert Kilo obendrauf.

# SPECIAL GUEST
## Spatz muss sein

Spatz muss sein, denn er ist der natürliche Feind des Regenwurms, von dem es zu viele gäbe, ohne ihn. Zu viele Regenwürmer aber lockern den Boden zu sehr auf, und dann fallen irgendwann die Bäume auf den Frühstückstisch vom Caféhaus. Darum wird dem Spatz so manches vergeben. Selbst Diebstahl und provokantes Verhalten. Denn wenn der Spatz bis an den Tellerrand vorgerückt ist, bekommt man mit, dass sein lustiges Dauerzwitschern in Wahrheit freches Fordern ist.

Frechspatz

Die Frechheit ist sein Wesen, mehr noch, seine Seele. Spatzen sind Sperlinge, Sperlinge sind Vögel, und Vögel stammen von Sauriern ab. Der Archaeopteryx war taubengroß, trug Vogelfedern und hatte zwei Reihen messerscharfer Zähne im Sauriermaul. Das war vor 120 Millionen Jahren. Und heute denkt der Spatz, das sei noch immer so. Anders kann man es sich nicht erklären. Er hüpft auf etwas zu, das etwa 500 Mal größer ist als er und macht „tschirp, tschiep, schilp, schelp", dann macht man eine Bewegung mit der Hand, und aus der Sicht des Spatzen ist die Hand eines Caféhausbesuchers immerhin so groß wie ein Sofa und, zack, ist er weg mit dem halben Toast.

Spatz im Glück

Sein Glück war, dass er den Menschen kennen gelernt hat. In dessen Umgebung gibt's alles, was er braucht. Früher Körner, Samen, Pferdeäpfel (er pickte den Hafer aus dem Kot), heute Müsli und französisches Stangenbrot. Auch Schwarzbrot, aber nicht so gern, darum versuchen Gastronomen, mit der Brotwahl die Zahl der Spatzen zu regulieren. Noch ein Tipp aus Gastronomenmund. Wenn ein Spatz sich in Innenräume verfliegt und nicht mehr rausfindet, sollte niemand versuchen, ihn mit der Hand zu fangen. Wahrscheinlich klappt es nicht und wenn es klappt, kriegt er einen Herzschlag. Man muss ein Küchentuch über ihn werfen.

Ein Spatz, der an einen solchermaßen verantwortungsbewussten Wirt gerät, wird ein Glücksspatz genannt. Und wenn zudem die Caféhaus-Tische auf natürlichem Untergrund stehen und er im Sand oder im Staub baden kann, so viel wie er will, ausgelassen und satt, dann ist er restlos ein Spatz im Glück.


## Pechspatz

Der Spatz badet mehrmals täglich gegen Milben und ähnliche Unappetitlichkeiten in Sand, Staub und Wasser. Tut er's nicht, verfilzt und verrottet sein Federkleid, und es wird in null Komma nix ein Monster aus ihm. Schicksal aller Spatzen an Straßencafés, an denen der Asphalt regiert. Sie werden hässlich, sie werden fett, sie werden unsportlich. Sie hüpfen nicht mehr weg, vom Fliegen gar nicht zu reden. Und manchmal tritt halt einer aus Versehen drauf.


## Spatz und Sex

Der Spatz verbeugt sich vor der Spätzin und macht tschilp schilp. Was das heißt, wissen wir bereits. „Ich will, ich will". Kommt er ihr zu nahe, hackt sie nach ihm. Weitere Spatzen kommen und machen tschilp schilp. Bis die Spätzin davonfliegt. Und alle jagen hinterher.

Was dann geschieht, verbirgt sich im Grün von Busch und Baum. Spatzen sind die fruchtbarsten Vögel der Welt. Während einer Saison kann ein Weibchen bis zu fünf Mal Eier legen. Für die alten Griechen war der Spatz deshalb ein heiliger Vogel. Sie ordneten ihn ihrer Liebesgöttin Aphrodite zu. Wo immer die himmlische Göttin erschien, war ein Spatz mit ihr und hat „ich will" geschrieen. Tschilp. Oder „Ich will mehr", tschiep. Oder „nicht genug", schilp schelp. Wir erinnern uns. Spatz ist der Spitzname für Sperling. Im Mittelalter nannte man Gassen mit Hurenhäusern Sperlingsgassen.

Dass sich der Spatz so oft paart, geriet ihm aber auch zum Unglück, denn er wurde in den alten Zeiten oft zu Liebeszauber-Tinkturen und Aphrodisiaka verarbeitet. Fleisch und Hirn des Spatzes steigern angeblich die sexuellen Gelüste, besonders wenn er während der Kopulation erlegt worden sei.

Ist der Haussperling die deutsche Wachtel? Gehört er auf den Teller? Allein die Frage gruselt mich.

Goldspatz

Kinder lieben Spatzen, weil sie sie füttern und jagen können. Mütter lieben Spatzen, weil ihre Kinder beschäftigt sind, und auch Kellnerinnen lieben Spatzen, weil sich Spatzen beim Abräumen auf 'ne Art kollegial verhalten. Einsame lieben Spatzen, Verliebte lieben Spatzen, Sänger lieben sie. Im Internet finden sich unter dem Stichwort Spatzen so rund 350 Eintragungen pro Suchmaschine und so rund 340 davon sind Gesangsvereine, Sportvereine und Pfadfinder-Untergruppen. Zudem verrät die Sprache einiges. Warum nennt man einen Menschen, den man herzlich liebt, Goldspatz, Spätzchen, Spatzimaus? Warum sagt man nicht Goldente oder Hühnchen? Oder Haubentaucherlein? Der Spatz ist offensichtlich der beliebteste Flattermann Deutschlands. Trotzdem wurde der Haubentaucher vom Deutschen Tierschutzbund zum Vogel des Jahres 2001 erklärt. Skandal.

Spatz beiseite

Die große englische Zeitung Independent berichtete neulich, dass nun geklärt sei, warum die Spatzen aus den großen Städten verschwinden. Sie sterben nicht aus, aber es werden weniger und weniger. Bisher ging man davon aus, dass es an mangelnden Grünflächen läge, an gestutzten Rasen, übergepflegten Gärten. Jetzt fand man in London mehr heraus. Der Independent beruft sich dabei auf die Beobachtungen eines über 80-jährigen Rentners und nennt ihn den „größten Spatzenexperten der Welt". Er sagt, es liege am bleifreien Benzin. Ein Bestandteil sei MTBE = Methyl-Tertiär-Butyl-Äther. Das kille ihn. Wir recherchierten und fanden heraus, dass dem in unserer Stadt nicht so ist. Es gibt auch in diesem Sommer, wie schon in so vielen Sommern zuvor, wieder rund 200 000 Spatzen in niedriger Flughöhe über Berlin.

Endspatz